Anna Schneider
COOL GIRLS CAN'T DIE

Die Autorin

Anna Schneider wurde 1966 in Bergneustadt geboren und ist seit Kindertagen ein Bücherfan. Schon als Jugendliche schrieb sie Gedichte, die in Anthologien veröffentlicht wurden. Nach Studium und Promotion in Trier sowie verschiedenen beruflichen Stationen als Personalberaterin, Dozentin und Coach, entschloss sie sich 2008, wieder zu schreiben. Gleich mit ihrer ersten Krimi-Kurzgeschichte gewann sie einen Literaturwettbewerb. Das nahm sie als Zeichen und sattelte beruflich um. Heute verbringt sie ihre Zeit am liebsten in ihrem Schreibzimmer, um sich bei einer Tasse Kaffee und Schokolade spannende Geschichten auszudenken. Die Autorin lebt mit ihrer Familie in der Nähe von München und in Nordholland.

Bisher erschienene Jugendromane:
„Blut ist im Schuh"
„Cool Girls can´t die"
„Von Liebe und Lügen"

Weitere Informationen finden Sie auf der Hompage von Anna Schneider (www.schneideranna.com) oder auf der Facebook-Seite: Anna Schneider – Autorin.

Über persönliche Rückmeldungen zu meinen Büchern freue ich mich ganz besonders: kontakt@schneideranna.com

Anna Schneider

COOL GIRLS CAN'T DIE

Thriller

Bibliografische Information der Deutschen Nationalbibliothek:
Die Deutsche Nationalbibliothek verzeichnet diese Publikation in der deutschen Nationalbibliografie; detaillierte bibliografische Daten sind im Internet über dnb.dnb.de abrufbar.

© 2017 Anna Schneider, 82131 Gauting
www.schneideranna.com
kontakt@schneideranna.com

Covergestaltung © Traumstoff Buchdesign traumstoff.at
Covermotiv © Le Panda shutterstock.com
Satz: Corina Bomann, my-digital-garden.de
Autorenfoto: Susanne Krauss

Herstellung und Verlag BoD – Books on Demand, Norderstedt
ISBN 978-3-7431-4888-8

„Cool Girls can't die" ist die überarbeitete und erweiterte Fassung von „Bald wird es Nacht, Prinzessin", das erstmals 2014 bei Planet Girl erschienen ist.

Unter Verwendung von Zitaten aus Dornröschen, in: Das Buch der Märchen, Büchergilde Gutenberg, Frankfurt/Main 1995

Das Werk ist urheberrechtlich geschützt. Jede Verwertung bedarf der ausdrücklichen Zustimmung der Autorin. Alle Rechte, einschließlich des vollständigen oder auszugsweisen Nachdrucks in jeglicher Form, sind vorbehalten. Dies gilt ebenso für das Recht der mechanischen, elektronischen und fotografischen Vervielfältigung und der Einspeicherung und Verarbeitung in elektronischen Systemen.

Die Handlung und die handelnden Personen sowie deren Namen sind frei erfunden. Ähnlichkeiten mit lebenden oder verstorbenen Personen sind rein zufällig und nicht beabsichtigt.

»Ich habe keine Angst vor dem Sterben. Ich möchte bloß nicht dabei sein, wenn es passiert.«

Woody Allen »Ohne Leit kein Freud«, Rogner & Bernhard (1979)

Was der Frosch gesagt hatte, das geschah, und die Königin gebar ein Mädchen, das war so schön, dass der König sich nicht zu lassen wusste und ein grosses Fest anstellte. ... Das Fest ward mit aller Pracht gefeiert...

Es sollte die Party des Jahres werden. Tobi ahnte, dass sich diese Ankündigung soeben in völlig absurder Weise erfüllt hatte.

Ganz deutlich spürte er noch das Kribbeln auf seiner Haut. Wenige Sekunden zuvor hatte er seine Lippen gierig auf die von Nova gepresst. Seine Hände waren über ihren zarten Körper geglitten, schnell, immer schneller. Er war verrückt danach gewesen, sie endlich zu berühren, überall.

Sie hatte nicht richtig mitgemacht, was ihn zwar kurz irritierte, aber nicht ausgereicht hatte, ihn zu stoppen. Sie war einfach zu schön, zu wild, zu sexy. Wer wusste schon, wann eine solche Gelegenheit wiederkam. Gewehrt hatte sie sich jedenfalls nicht.

Nun lag Nova mit seltsam verdrehten Gliedern vor ihm auf dem Boden, mit weit aufgerissenen Augen, den Unterkiefer heruntergeklappt, und erinnerte ihn fatal an eine leblose, hölzerne Marionette. Immer noch pochte das Blut dumpf in seinem Unterleib. Verdammt, verdammt, verdammt! Warum rührte sie sich nicht mehr? Verlegen starrte er auf ihren Körper, der in diesem Moment zu vibrieren begann, so als würde er von Krämpfen geschüttelt. Sie blinzelte. Oder bildete er sich das nur ein?

»Tobi, verdammte Scheiße! Was hast du gemacht?«

Felix' Stimme drang seltsam schrill von weit her an sein Ohr.

»Gar nichts«, wollte er sagen, aber es kam kein Ton über seine Lippen, die immer noch feucht waren und nach ihr schmeckten. Rasch wischte er sich über den Mund, so als könnte er mit dieser Geste die letzten Minuten ungeschehen machen. Verdammt, Nova hatte das doch gewollt, es den ganzen Abend herausgefordert. Derb angemacht hatte sie ihn und seine Kumpels. War doch logisch, dass sie darauf angesprungen waren.

»Wir müssen hier weg«, vernahm er die feste Stimme von Magnus.

Tobi schaute zu ihm rüber. Auch Magnus' Blick war auf das Mädchen auf dem Boden gerichtet. Magnus war absolut straight, dafür hatte Tobi ihn schon immer bewundert. So auch jetzt.

Genau in dieser Sekunde wurde Tobi eines klar: ALLES hatte sich geändert, als das Mädchen sein Bewusstsein verlor. Das hier veränderte nicht nur diesen Abend, diese blöde Party. Es ging um sein Leben, seine Zukunft.

Sie mussten eine Entscheidung treffen. Und zwar schnell, bevor die anderen Partygäste bemerkten, was geschehen war. Voller Panik sah er um sich. Zum Glück waren sie noch immer alleine hier im Garten.

Sebastian schüttelte vehement den Kopf. »Leute, das geht nicht. Wir können sie nicht einfach hier liegen lassen. Atmet sie überhaupt noch? Sie wirkt so ...«

Wieder durchlief eine Welle den Körper des Mädchens, dabei löste sich der Knopf ihrer Jacke und der seidig glänzende BH, den sie darunter trug, wurde sichtbar. Genau wie die Narbe, die quer über ihren Brustkorb verlief. Dann verdrehten sich Novas Augen nach oben, bis nur noch der untere Rand ihrer Pupillen zu sehen war. Es wirkte, als würde sie eine fiese Fratze ziehen.

Tobi wich rasch einen Schritt zurück.

»Seht doch!«, schrie er panisch.

Sebastian deutete mit dem Finger auf das

Mädchen, das jetzt wieder völlig starr und unbeweglich war.

»Wir müssen jemanden rufen. Und vor allem dafür sorgen, dass sie nicht an ihrer Zunge erstickt. Das hab ich mal in so 'ner Sendung gesehen.« Sebastian wollte sich hinknien, aber Magnus hielt ihn zurück.

»Fass sie nicht an, du Idiot! Wir machen nichts. Keiner von uns. Niemand hat etwas gesehen und deshalb hauen wir jetzt ab. Verstanden?«

Sebastian schlug seine Hand weg und zeigte ihm wutentbrannt einen Vogel. »Alter, du spinnst doch! Wir müssen ihr helfen. Die Augen ... Das sieht irgendwie alles nicht gut aus!« Er ließ sich neben ihr nieder, wollte etwas tun, aber seine Hände schwebten unentschlossen über ihrem Gesicht, so als gäbe es eine unsichtbare Mauer zwischen ihm und dem Mädchen.

Magnus winkte ab. »Mach doch, was du willst. Dein Problem. Ich verschwinde jedenfalls. So wie ich das sehe, schläft unsere Prinzessin nur. Und das kann sie ruhig ohne mich tun.«

Er machte kehrt, drehte sich aber nach wenigen Schritten noch einmal um. »Damit das klar ist: Von mir erfährt niemand was. Wenn wir alle komplett dichthalten, kann uns keiner was.«

Tobi sah auf Sebastian hinunter, der schaute Magnus hinterher. Dann fixierte er Felix, der zitternd neben ihm stand, aber keine Anstalten machte, etwas zu tun. Magnus war schon fast am Gartentor angekommen. Wenn Tobi sich jetzt beeilte, konnte er ihn noch einholen und sich zu Hause absetzen lassen.

Felix starrte unverwandt zu Boden. Tobi wusste, dass er schon lange ein Auge auf Nova geworfen hatte. Deshalb war Felix vollkommen nervös und fahrig gewesen, seit Nova ihn und seine Kumpels nach draußen geführt hatte. Nun wischte Felix sich über sein schweißnasses Gesicht und rannte ohne ein weiteres Wort hinter Magnus her.

Verdammt, was sollte er nur machen? Sebastian kniete noch immer neben Novas Kopf, hielt ihn jetzt vorsichtig in seinen Händen, wie man eine zerbrechliche Vase berührt. Auch Sebastian hatte offenbar keine Ahnung, was zu tun war.

Tobi konnte noch die Silhouetten von Magnus und Felix erkennen. Er rieb mit der Hand seine Stirn, wobei ihm Novas Duft in die Nase stieg. Sogar seine Hand roch nach ihr! Wieder und wieder wischte er die Handfläche an seinem Oberschenkel ab. Er musste sich jetzt entscheiden. Er sah das Mädchen auf dem Boden an. Dieser Abend war ein Wendepunkt.

»Ich hole Hilfe«, sagte er schließlich.

Wenn er noch irgendetwas wiedergutmachen konnte, dann war das die einzige Möglichkeit. Doch er würde schweigen. Genau wie Magnus es verlangt hatte.

2

"Es soll aber kein Tod sein, sondern ein hundertjähriger tiefer Schlaf, in welchen die Königstochter fällt." ...
In dem Augenblick aber, ..., fiel sie auf das Bett nieder, das da stand und lag in einem tiefen Schlaf.

Tobi stand inmitten der Partygäste, die sich in dem abgedunkelten Raum wie ferngelenkt zur Musik bewegten. Die lachenden Gesichter erschienen ihm aufgesetzt, seltsam fremde Fratzen. Er war zum Haus gerannt, hatte die Balkontür aufgestoßen und hineingebrüllt, dass draußen jemand lag und Hilfe brauchte. Aber entweder hatte er keinen Ton herausgebracht oder – was viel schlimmer war – es hatte tatsächlich niemanden interessiert.

Er blickte sich hektisch um, konnte den Laptop oder iPod, von dem die Musik abgespielt wurde, jedoch nicht finden. Bei diesem Lärm würde niemals jemand von ihm Notiz nehmen. Scheiße!

Er stieß die Tanzenden unsanft zur Seite, ignorierte ihre Beschimpfungen. Irgendwo musste das dämliche Ding doch stehen. Verdammt, warum war es so dunkel und eng hier drinnen? Er fragte verschiedene Leute nach dem Computer, aber keiner wusste Bescheid. »Ist doch cool, die Musik« oder »Keine Ahnung« brüllte man ihm genervt entgegen.

Um eine bessere Sicht zu bekommen, machte er sich schließlich daran, auf das Sofa zu steigen. Verärgert kickte er den Fuß eines Mädchens, das dort saß, weg und sprang mit einem Satz auf die wacklige Sitzfläche. Er hatte einfach keine Zeit!

»Verdammt! Hört denn hier keiner zu? Stellt doch mal die Musik ab, Mensch!«, schrie er gegen den dröhnend lauten Beat an. »Da draußen liegt ein Mädchen! Wir brauchen Hilfe!!!«

Kaum hatte er den Satz beendet, zog ihn jemand am Pulli vom Sofa herunter und herrschte ihn mit einer fiesen Fahne an: »Beweg deinen Arsch hier weg und erzähl das irgendwem, den das interessiert, du Spast! Wir feiern hier nämlich 'ne Party, verstanden?«

»Ach Scheiße, de hat b'stimmt nur einen su viel gesoffn und pennt sein' Rausch aus«, lallte ein Mädchen. Tobi war wütend, aber sich jetzt mit diesem Kerl anzulegen, brachte nichts. Er murmelte: »Schon gut, schon gut«, wand sich aus dem Klammergriff des Betrunkenen und stand einen Moment unschlüssig inmitten der grölenden, feiernden Masse.

Es roch nach Parfum und Schweiß, nach Alkohol und Dope, und Tobi begriff, dass er im Haus nur Zeit vergeudete. Es war besser, sich wieder in Richtung der Türen zu kämpfen und tatsächlich jemanden anzurufen. Hier drin war es einfach zu laut und er wollte nicht, dass man seinen Anruf für einen Partyscherz hielt.

In der Tür drängelte er sich an einem Jungen vorbei, der auch nach draußen strebte.

»Hey, hey! Mal langsam!«

Wieder einer, der einen halben Kopf größer war. Aber mit dem schnieken Polohemdchen unter der Jeansjacke wirkte der nicht so, als würde er Probleme machen. Um diese Uhrzeit und bei dem Pegel, den die Partygäste mittlerweile hatten, musste Tobi dennoch auf der Hut sein.

»Sorry, aber ich muss dringend Hilfe rufen!« Tobis Hirn lief auf Hochtouren. »Verdammt, wo sind wir hier überhaupt?« Er war mit Magnus gefahren und hatte natürlich weder auf die Straße noch auf die Hausnummer geachtet. Er wusste nur, dass sie in Sachsenhausen waren.

»Unterster Zwerchweg 28. Wieso? Was ist denn los? Kann ich dir helfen?«

»Ein Mädchen ist umgekippt, sie liegt im Garten«, antwortete Tobi und ließ das Handy wieder sinken.

»Bring mich hin. Ich arbeite in einem Krankenhaus. Vielleicht kann ich was tun.«

Erleichtert schlug Tobi dem Jungen auf die Schulter und rannte in Richtung der dichten Lorbeersträucher, hinter denen man von hier aus weder Sebastian noch Nova sehen konnte. Also hatte man auch nichts von dem, was zuvor dort passiert war, sehen können, stellte Tobi beruhigt fest.

»Hat sie zu viel getrunken? Oder nichts gegessen? Wegen so was kippen Mädchen meistens um«, wollte der Typ im Laufen wissen.

»Keine Ahnung«, erwiderte Tobi. »Ich kenne sie nur flüchtig und wir haben sie erst vor 'ner guten Stunde oder so getroffen.«

Sie gingen um das Gebüsch herum und obwohl Tobi wusste, was ihn erwartete, stockte ihm der Atem: Sebastian lag jetzt mit nacktem Oberkörper eng an Nova gepresst neben ihr auf dem Boden.

Er hatte offenbar sein Hemd ausgezogen und ihr ordentlich über die Beine gelegt. Ihre Armeejacke, die sie ganz lässig getragen hatte, war nun bis zum letzten Knopf geschlossen. Und sie lag auch anders. Mit ganz geraden Gliedern, nicht mehr so verdreht wie zuvor. Wie aufgebahrt, schoss es Tobi durch den Kopf.

Irritiert schaute er zur Uhr. Er war länger weg gewesen, als er gedacht hatte. Was hatte Sebastian nur gemacht? Der Polohemd-Typ kniete bereits auf Novas linker Seite und fühlte ihren Puls, den Blick mit gerunzelter Stirn auf seine eigene Uhr gerichtet.

»Unserer Prinzessin ist auf einmal ganz kalt geworden!«, murmelte Sebastian, dessen Augen halb geschlossen waren. Seine Stimme klang viel höher als vorhin.

»Du musst einen Krankenwagen rufen«, forderte der Typ Tobi auf. »Schnell. Und sag, dass ihr Puls ziemlich flach geht.« Dann richtete er sich an Sebastian »Wie lange liegt sie schon hier?«

»Keine Ahnung«, antwortete der und grinste seltsam. »Ich hab nicht auf die Uhr gesehen.«

Hoffentlich fing Sebastian jetzt nicht an zu lachen. Tobi betete, dass der Polohemd-Typ keinen Verdacht schöpfte. Es wäre doch besser gewesen, mit Magnus abzuhauen. Diese Geschichte wurde immer brenzliger.

Seine Hand zitterte stark, immer wieder drückte er die falschen Tasten. Ruhig bleiben, sagte er sich, aber ihm war plötzlich, als würde er ebenfalls ohnmächtig werden. Was war heute nur los? Lief denn einfach alles schief?

Erleichtert ließ er sich schließlich das Handy aus der Hand nehmen, als der Junge mit dem Polohemd neben ihn trat und völlig ruhig den Notruf wählte. Gefasst und präzise gab er Auskunft, so als hätte er das schon öfter gemacht. Während offenbar am anderen Ende noch jemand wartete, hielt er das Mikro zu und raunte: »Wisst ihr wenigstens, wie sie heißt?«

Tobi nickte. »Nova Jacobs.«

Der Typ wiederholte den Namen und bestätigte, dass er auf den Krankenwagen warten würde.

Tobi starrte ihren Retter erstaunt an und atmete auf. Das Schicksal meinte es doch noch gut. Wenn der jetzt das Kommando übernahm, konnte er endlich weg von hier.

Er schaute zu Nova, die noch eine Spur blasser wurde und immer mehr mit dem Untergrund zu verschmelzen schien, so als würde sie langsam versinken. Er wischte sich über die Augen, hielt die Lider geschlossen, aber ihr Bild war wie eingebrannt in diese Dunkelheit. Und ihre Augen schienen ihn dabei klagend anzustarren. Er schüttelte sich.

»Schon gut.« Der Polohemd-Typ legte ihm die Hand auf die Schulter. »Du hast alles richtig gemacht. Mehr können wir im Moment nicht für sie tun. Der Krankenwagen wird ja auch gleich hier sein. Wisst ihr vielleicht noch irgendetwas? War sie alleine hier? Hat sie was getrunken?«

»Keine Ahnung. Ich meine, wie gesagt, ich kenne sie nur von der Schule. Ich weiß fast nichts von ihr. Wir haben gequatscht, wie man das halt so macht auf einer Party. Keine Ahnung, was in ihrem Glas drin war, und schon gar nicht, was sie davor getrieben hat.«

Tobi sah auf die Uhr und trat unruhig von einem Bein auf das andere. Was würde der Typ denn noch alles fragen?

»Wenn du wegmusst, ich kann bleiben.« Seine Hand drückte fest Tobis Schulter, dann kniete er sich wieder neben Nova und roch an ihrem Mund.

»Riecht nicht so, als ob sie was getrunken hätte. Aber das kriegen die im Krankenhaus sowieso schnell raus.«

Tobis Blick traf den von Sebastian, in den auf einmal wieder Leben kam. Er erhob sich urplötzlich. Seine Augen waren zu Schlitzen verengt, auf seiner Stirn stand Schweiß, obwohl sich eine Gänsehaut über seinen gesamten Oberkörper zog. Ohne sein Hemd musste ihm verdammt kalt sein. Die Luft war bereits feucht und schwer. Vielleicht war das heute der letzte Sommertag gewesen.

»Ich muss weg. Verdammt spät geworden, und wenn der hierbleibt«, Sebastian deutete mit dem Kinn zu ihrem Helfer, »dann sollten wir besser die Düse machen. Ich hab keinen Bock auf Ärger mit meinen Alten.«

Er wies mit dem Kopf in Richtung Gartentor und wedelte mit der Hand, um Tobi anzutreiben.

Der Polohemd-Typ stand auf, gab Sebastian

sein Hemd zurück und wollte Nova gerade seine eigene Jacke über die Beine legen, als ein heftiger Schauer ihren Körper durchschüttelte. Wieder fühlte er Novas Puls.

»Scheiße, Herzstillstand«, sagte das Polohemd und begann, Nova zu beatmen. Er streckte ihren Hals nach hinten durch, öffnete ihren Mund, holte tief Luft und beugte sich dann über ihr Gesicht. Tobi konnte nicht zusehen, wollte sich nicht an den letzten Kuss erinnern und schaute stattdessen irritiert auf Novas Knie.

Dort bemerkte er jetzt eine Verletzung, die feucht durch die kaputten Netzstrümpfe glitzerte. Sie hatte auch einen blauen Fleck am Oberschenkel. Hatte sie den zuvor auch schon gehabt? Er konnte sich nicht erinnern.

Als der Fremde mit der Herzmassage begann, sagte er keuchend: »Gebt mir nur noch kurz eure Namen und Adressen, bevor ihr geht. Nur für den Fall, dass jemand Rückfragen hat.«

Tobi rieb seine Hände über die Oberschenkel. »Was denn für Fragen? Was meinst du?«

»Keine Ahnung. Nur für den Fall. Ich heiße Daniel. Daniel Schmidt.«

Tobi strich sich die Haare aus dem Gesicht und suchte Sebastians Blick. Der knöpfte sein Hemd zu und nickte.

»Ich bin Tobias Köster und mein Kumpel heißt Sebastian Bode.«

Im Hintergrund ertönte das Geräusch des Martinshorns. Ohne ein weiteres Wort wandten die beiden sich zum Gehen, als Daniel ihnen etwas nachrief. Tobi zog die Schultern zusammen. Was denn noch, dachte er. Die Sirene wurde lauter, aber er drehte sich noch einmal um.

»Hier. Schnell.« Daniel griff in seine Hosentasche und warf ihm eine Visitenkarte zu. »Ich begleite sie ins Krankenhaus. Kannst mich anrufen, dann sag ich euch, was mit ihr ist.«

Eilig hob Tobi die Karte auf, steckte sie ein und vermied den Blick auf Nova, über deren Gesicht sich der Fremde gerade wieder beugte, um sie zu beatmen. Tobi hoffte so sehr, dass alles gut würde. »Danke, Mann!«

Als sie die Straße erreichten, hielt der Krankenwagen vor dem Haus. Obwohl er die letzten Meter ohne Sirene gefahren war, hatte das Blaulicht die Aufmerksamkeit der Feiernden geweckt. Frederik, in dessen Elternhaus die Party stattfand, rannte panisch zu den Sanitätern, die bereits eine Trage aus dem Wagen holten und nach dem Weg in den Garten fragten.

Sebastian stand wie festgenagelt auf dem Gehweg. Tobi zog ihn am Ärmel weiter. Sie mussten wirklich weg hier. Sebastian aber hielt dagegen und begann laut zu lachen. Erst jetzt bemerkte Tobi, dass sein Freund völlig hinüber war.

»Ey, wie cool ist das denn?« Sebastian zeigte

zum Garten hinüber. »Die trampeln alle durch den Garten. Schau mal, da kotzt eine.« Wieder lachte er irre und schüttelte seinen Lockenkopf.

»Schrei hier nicht so rum, Idiot. Wir sollten lieber abhauen! Bevor noch jemand mit uns ausdiskutieren will, was passiert ist.«

Sebastian hielt den Finger auf die Lippen.

»Du checkst es nicht, oder? Unsere Spuren! Die findet jetzt keiner mehr. Wir sind aus dem Schneider, Alter!«

3

Der lange weiße Flur war menschenleer und wirkte in dem grellen Neonlicht kalt und unpersönlich. Daniel saß auf der Intensivstation und schaute auf seine Hände. Im Krankenwagen hatte er Novas schmale Hand gehalten, fortwährend ihren Puls gefühlt und ihr blasses Gesicht betrachtet, während sie mithilfe einer Intubation beatmet wurde. Die Sanitäter hatten ihn mitfahren lassen, nachdem er ihnen erzählt hatte, dass er sein freiwilliges soziales Jahr im Krankenhaus Sachsenhausen machte; sie lobten ihn für seine Unterstützung, die Nova vermutlich das Leben gerettet hatte.

Das Mädchen tat ihm irgendwie leid, denn offenbar war niemand daran interessiert gewesen, sie im Rettungswagen zu begleiten. Was hatte Nova so ganz alleine auf der Party gemacht? Sie war höchstens 16 Jahre alt und wohl kaum ohne eine Freundin dorthin gegangen. Oder ohne einen Freund. Doch auch als die feiernde Meute endlich bemerkt hatte, was los war, kam niemand, der sich für sie verantwortlich fühlte. Und die Jungs, die sie gefunden hatten, konnten gar nicht schnell genug abhauen.

Nicht nur diese seltsamen Umstände hatten ihn dazu gebracht, bei ihr zu bleiben. Das Mädchen berührte ihn auf eine seltsame Weise und er hatte das Gefühl, sie beschützen zu müssen. Sie erinnerte ihn an seine kleine Schwester und sogleich erschwerte ihm ein Kloß im Hals das Schlucken.

Daniel lehnte sich zurück, bis er am Hinterkopf die Wand fühlte. Nova befand sich jetzt in dem Zimmer auf der anderen Seite des Ganges. Obwohl die Tür geschlossen war, wurde er das Bild nicht los, wie sie dort inmitten der piepsenden technischen Geräte lag, die fortwährend ihren Blutdruck und Herzschlag überprüften, während eine Spritzpumpe sie mit Medikamenten versorgte und sie beatmet wurde. In diesem riesigen Bett hatte sie kleiner gewirkt, ihre Gesichtsfarbe und ihre Lippen waren fast genauso bleich wie die Krankenhausbettwäsche. Selbst ihre schwarzen Haare schienen ihren Glanz verloren zu haben.

Sie war ins Koma gefallen – mehr hatte man ihm nicht sagen können, und er wollte nicht aufdringlich erscheinen. Was war nur dort draußen im Garten geschehen?

Daniel sah auf die Uhr, dann starrte er die gegenüberliegende weiße Wand an, die ein paar graue Schlieren aufwies. Vermutlich stammten sie von den Krankenbetten, mit denen man die Patienten von einer Station zur nächsten transportierte.

Es war schon spät, aber er wollte dennoch bleiben, falls jemand Fragen zu der Party hatte. Immerhin kannte er Novas Begleiter. Nach Hause zu gehen machte ohnehin keinen Sinn mehr, denn seine Schicht begann bereits in drei Stunden. Er würde sich sicher irgendwo im Besucherbereich ausruhen können, wenn er nicht mehr gebraucht wurde.

Energische Schritte auf dem Gang ließen ihn aufhorchen. Eine blonde, schlanke, tadellos frisierte und geschminkte Frau kam auf High Heels durch die Schleuse in die Station gerauscht, in ihrem Schlepptau das perfekte männliche Gegenstück. Trotz der blauen Schutzkittel, die das Paar vor dem Betreten der Station anlegen musste, wirkten sie edel und einflussreich. Rasch erhob Daniel sich, aber die Stationsschwester eilte den Ankömmlingen bereits entgegen. Sie verbreiteten Unruhe und machten für die fortgeschrittene Uhrzeit viel zu viel Lärm in dieser Abteilung, in der nur die wirklich kranken Menschen lagen, die Erholung und Ruhe bitter nötig hatten.

»Wieso ist sie nicht in die Uniklinik gebracht

worden? Nova hat einen Ausweis dabei, da steht ganz klar ...«, herrschte die Blonde die Schwester an.

»Es tut uns leid, Frau Jacobs, sie hatte nichts bei sich. Aber ich versichere Ihnen, dass sie bei uns gut aufgehoben ist. In ihrem Zustand war es wichtig, direkt ins nächstgelegene Krankenhaus zu fahren. Wir fordern jedoch gerne die Unterlagen ...«

»Zustand? Welcher Zustand?«, unterbrach die Frau mit barscher Stimme die Schwester. »Was ist es denn dieses Mal? Wo war sie überhaupt?«

Daniel klappte verblüfft der Unterkiefer herunter. Die Art der Frau war ihm auf Anhieb unsympathisch, aber diese Bemerkung war dermaßen kalt, keine Spur von Sorge klang da mit. Arme Nova. Sie hatte offensichtlich nicht nur in dem Krankenzimmer zu kämpfen.

»Ihre Tochter war auf einer Party in Sachsenhausen. Sie ist ohnmächtig geworden und ein paar Jungs haben gleich den Krankenwagen benachrichtigt.«

»Ein paar Jungs. Wie immer!« Genervt blickte die Frau an die Decke und schob die Hand ihres Mannes weg, als handelte es sich dabei um ein lästiges Insekt.

Der Mann hatte noch keinen Ton gesagt, seit das Paar den Flur betreten hatte, und machte auch jetzt einen völlig gleichgültigen Eindruck.

Daniel verlagerte sein Gewicht von einem Fuß auf den anderen, bemüht, kein Geräusch zu verursachen. Hatten die denn nichts Besseres zu tun, als die Schwester anzugiften? Immerhin lag ihre Tochter im Koma.

Der Mann sah nun auf die Uhr und rieb seine Hände. Endlich kam Bewegung in ihn. »Wenn Sie keine Unterlagen von unserer Tochter gefunden haben, sollten wir zunächst die Formalitäten erledigen.«

»Gerne«, antwortete die Schwester. »Wollen Sie in der Zwischenzeit vielleicht zu Nova?«, wandte sie sich an die Frau. »Sie ist nicht bei Bewusstsein, aber sicher würde es ihr guttun, Ihre Stimme zu hören, berührt zu werden.«

Die Frau schnaubte unwirsch und schaute auf die Uhr. Sie wirkte nicht wie jemand, der bereit war, unnötige Zärtlichkeiten zu verteilen und Daniel wunderte sich, dass sie tatsächlich in Novas Zimmer ging. Bei ihrem Getue hätte es ihn nicht überrascht, wenn sie einfach auf dem Absatz umgedreht wäre.

Nach wenigen Sekunden hörte Daniel einen kurzen Aufschrei aus dem Zimmer. Er sprang auf und rannte hinein.

Novas Mutter zitterte und zeigte mit dem Finger auf den Brustansatz ihrer Tochter. Dorthin, wo die Elektroden befestigt waren, die ihre Werte weiterleiteten. »Schauen Sie sich das an!«, stieß sie hervor, ohne sich umzudrehen. »Sie ist doch noch viel zu jung! Was hat sie sich dabei gedacht?«

»Diese Geräte dienen der Überwachung«, antwortete Daniel ruhig.

Der Kopf der Blonden fuhr herum und sie starrte ihn wütend an. »Das weiß ich auch! Ich meine DAS!«

Sie zog die Decke ein Stück herunter, sodass Novas Brüste fast völlig entblößt waren. Nun sah auch Daniel, was sie meinte: eine Tätowierung. Auf jeder Seite rankten zwei verschnörkelte Wörter, die der BH offensichtlich zuvor verdeckt hatte: *Cool Girls can't die.*

Die Frau stand neben Novas Bett, ihre Hände waren zu Fäusten geballt und Daniel sah, dass sie bebten. Eine Träne löste sich aus ihrem Augenwinkel und tropfte auf den Boden. Scheinbar konnte sie sich nur mit Mühe beherrschen und murmelte so leise, dass man es in der Geräuschkulisse kaum verstand: »Was denn noch? Was tust du uns als Nächstes an? Warum musst du uns so quälen, das alles ist doch schon schlimm genug.«

Und an Daniel gewandt sagte sie: »Ich ... kann nicht. Ich halte das einfach nicht länger aus.«

Mit diesen Worten verließ sie das Zimmer, rasch verhallte das Stakkato ihrer Schritte auf dem Gang.

Daniel ging um das Bett herum, vermied es, auf den feuchten Fleck auf dem Boden zu treten, als seien die Tränen eine gefährliche Substanz. Dann zog er Novas Decke wieder hoch. Einem Impuls folgend strich er ihr den dichten Pony aus der Stirn.

»Ich finde heraus, was heute passiert ist. Irgendetwas muss gewesen sein ... Wach auf, Nova. Erzähl mir, was los war.«

Als sich nichts in ihrem Gesicht rührte, nickte er ihr zu und trat leise zur Tür. Sie war schon genug gestört worden. Sie brauchte jetzt ihre Ruhe. Morgen würde er wiederkommen.

Videoblog vom 8. Februar 2013

(Großaufnahme von Novas Gesicht, am Schreibtisch sitzend, der Blick direkt in die Kamera gerichtet)

Ich wünschte manchmal, ich wäre einfach weg. Ich will mich auflösen. In tausend Teile zerfallen. Zisch und weg bin ich. So wie die Hexen und Zauberer in alten Schwarz-Weiß-Filmen. Dann kann ich durch die Luft fliegen, in winzigen Teilen durch die Wolken wirbeln, lande auf Blumen und Menschen ... Dann wäre ich ÜBERALL. Und nirgends. Weg und doch da.

Aber dann gibt es diese Momente, da will ich groß sein, riesig, überdimensional, unübersehbar. Jeder soll mich wahrnehmen, mich beachten, mich kennenlernen. Meine Sehnsucht spüren nach Berührungen, nach Gerüchen, nach Geschmack.

Vorhin war ich im Café. Ich hab mir einfach alle Dinge bestellt, die ich besonders gerne mag. Acht Teller und drei Gläser standen vor mir, es war kaum Platz genug da, um sie auf das winzige runde Tischchen zu stellen, einige Teller kippten fast über die Tischkante. Leute, das war ein total genialer Augenblick! Ich hab ein Foto geschossen und gleich auf Facebook gepostet.

Nach dem vierten Stück Kuchen war mir natürlich total schlecht und ich musste rennen, um noch schnell zu dem winzigen Klo zu kommen und mich zu übergeben.

Den Toiletteninhalt habe ich auch fotografiert. Aber nicht gepostet. Ich wollte, habe es dann aber doch gelassen. Weil sowieso keiner versteht, wie ich das sehe. Dass auch das zu mir gehört. Es ist ein Teil von mir. Keiner, auf den ich stolz bin. Ich bin ja schließlich nicht bescheuert. Aber er gehört eben bei mir dazu. Zu meinem Leben.

Was hättet ihr gesagt? Überlegt doch mal! Total durchgeknallt, widerlich. Stimmt doch, oder? Das bin ich aber nicht, verdammt.

Ihr versteht es nur einfach nicht. Meine Seele schreit. Und keiner hört mich. NIEMAND. Meine Verzweiflung, meine Angst, die wollt ihr nicht sehen. DAS bleibt alles tief in mir verborgen. Nur da drinnen, in meiner Seele, da ist es mittlerweile so laut, dass ich manchmal glaube, es nicht mehr lange zu ertragen.

(Sie hält sich die Ohren zu, schüttelt den Kopf. Clipende)

4

»Nimm die Pfoten von meiner Freundin, du Schwein!«, blaffte die kleine Blondine, die gerade Novas Zimmer betreten hatte.

Daniel zog erschreckt seine Hand zurück, mit der er gedankenverloren Novas Wange gestreichelt hatte, bemerkte, wie er rot wurde, und ärgerte sich darüber. Sicher würde sie jetzt denken, dass er tatsächlich irgendwas im Schilde führte. Dabei wollte er Nova nur das Gefühl geben, dass sie nicht alleine war. Ihre Eltern waren den ganzen Vormittag nicht aufgetaucht, das hatte ihm die Schwester, die sich seit der Frühschicht um sie kümmerte, kopfschüttelnd erzählt.

Da er ohnehin mit seiner kurzen Mittagspause nicht viel anzufangen wusste, hatte er rasch ein Brot verdrückt und war dann mit der Erlaubnis der Schwester hierhergekommen, um Nova Gesellschaft zu leisten und mit ihr zu sprechen.

»Betatschen gehört wohl kaum zur normalen Krankenhausbetreuung«, setzte die Blonde nach und schaute ihn herausfordernd an.

Das Mädchen war rappeldürr, hatte einen fransigen halblangen Haarschnitt, der weitgehend von einem alten verbeulten Herrenhut aus grauem Cord verdeckt war. Zu ihrem geringelten Kleid trug sie eine abgenutzte Lederjacke und Chucks. Eine wilde Kombination, die ihr allerdings ziemlich gut stand.

»Du gehörst aber auch nicht zur Familie, oder?«, konterte er, wenn auch einen Moment zu spät.

Statt einer Antwort pustete sie ein paar Ponysträhnen vor ihren Augen weg und blickte betroffen auf Nova.

Daniel sah, wie sie die Zähne fest zusammen biss und nur mühsam die Tränen zurückhalten konnte.

»Kann sie mich hören?«, flüsterte sie.

»Man sagt, dass Komapatienten einiges mitbekommen. Musik, Stimmen, Berührungen.« Daniel starrte fasziniert auf das Gesicht der Blonden, auf dem in wenigen Sekunden die Stimmungen genauso schnell wechselten, wie Wolkenbilder im Nordseewind.

Er ließ ihr Zeit, sich an die Situation zu gewöhnen. Hier im Krankenhaus hatte er gelernt, dass Schweigen oft tröstender war als alle gut gemeinten Worte. Er ging einen Schritt nach hinten und machte den Platz an Novas Seite frei, damit die Fremde näher herantreten konnte. Doch das Mädchen bewegte sich nicht, sondern kaute nur intensiv auf der Innenseite ihrer Wange. Plötzlich zischte sie durch die Zähne. Offenbar hatte sie sich eine Wunde gebissen.

Daniel schielte auf seine Uhr. Seine Pause dauerte nur noch zehn Minuten und er musste in ein anderes Stockwerk, aber jetzt einfach so zu verschwinden, schien ihm unhöflich.

»Ich arbeite hier im Krankenhaus«, sagte er schließlich.

Sie zog eine Augenbraue hoch. Amüsiert schaute sie ihn an und musterte ihn von oben bis unten.

»Eine Schwester. So so.«

Wieder spürte Daniel, wie ihm die Röte ins Gesicht stieg. Er hatte keine Ahnung, was heute mit ihm los war. Normalerweise ließ er sich nicht so leicht verunsichern – schon gar nicht von einem Mädchen, das einen ganzen Kopf kleiner war als er.

»Ich habe sie gestern auf der Party von Frederik gefunden, wo sie bewusstlos im Garten lag, und dann den Krankenwagen gerufen«, murmelte er und merkte, dass es wie eine Rechtfertigung klang. Rasch fügte er deshalb hinzu: »Ihre Eltern scheinen sich nicht besonders viele Sorgen um sie zu machen. Da dachte ich, es wäre vielleicht gut

… ich meine, ich dachte, es sollte einfach jemand hier sein, wenn sie aufwacht.«

Mit großen blauen Augen schaute das Mädchen ihn an. Jede Überheblichkeit war aus ihrem Blick verschwunden. Dann schlug sie die Hände vors Gesicht und begann verzweifelt zu schluchzen.

Was hatte er denn nun schon wieder gesagt? Er rieb seinen Nacken. Eigentlich musste er gehen, aber die Traurigkeit des Mädchens war so intensiv, dass sie den ganzen Raum durchdrang. Vorsichtig trat er auf sie zu und legte ihr seine Hand auf die bebende Schulter. Ihr Weinen wurde dadurch nur noch stärker. Unbeholfen nahm er sie in den Arm woraufhin sie fast in ihn hineinkroch. Ihre schmalen Finger krallten sich fest in seine weiße Dienstkleidung, so als würde sie ihn nie mehr loslassen. Sie wirkte wie ein junger Vogel, der aus dem Nest gefallen war, bevor er fliegen gelernt hatte. Daniel hielt sie einfach fest und ließ zu, dass sie ihr Gesicht noch tiefer in seine Kleidung wühlte, bis ihr Griff sich schließlich lockerte und ihr Schluchzen allmählich verebbte.

Während er das Mädchen an sich drückte, betrachtete er die dunkelhaarige Nova in dem riesigen Krankenbett. Beide Mädchen strahlten irgendetwas Besonderes aus.

Nun hob die Blonde ihren Kopf und schaute ihn mit ihren großen Wasseraugen an.

»Ich hab nicht mal ein Taschentuch. Hast du?«

Er schüttelte den Kopf, holte aber gleich eines der grünen Tücher, die mit einigen anderen Krankenhausutensilien auf dem Nachttisch neben Novas Bett lagen und reichte es dem Mädchen.

Sie schnäuzte sich geräuschvoll, wischte resolut die Tränen mit ihrem Ärmel fort, straffte ihre Schultern und atmete tief durch. Dann schaute sie sich um und pfefferte mit einem gekonnten Wurf das Taschentuch in den Plastikmülleimer, der neben der Tür stand. »Versenkt!« Triumphierend schaute sie ihn an, doch gleich verfinsterte sich ihr Blick wieder, als ihr bewusst wurde, wo sie sich befand.

»Ich bin Jessica. Novas beste Freundin. Du kannst ruhig Jessi zu mir sagen. Das machen alle.«

»Daniel.« Er hielt ihr die Hand hin, die sie erst kritisch beäugte, dann aber beherzt ergriff.

»Du kennst dich aus mit Medizin und so?« Hoffnung lag in ihrem Blick.

»Nicht so richtig. Aber ich mache gerade mein freiwilliges soziales Jahr hier. Und wenn ich dann immer noch Lust darauf habe, will ich Medizin studieren.«

Sie pfiff anerkennend und pustete sich ein paar Ponyfransen, die über ihre Augen gefallen waren, aus dem Gesicht.

»Wird sie denn wieder wach? Was ist überhaupt passiert gestern?« Jetzt bewegte sich Jessi an Novas Seite und starrte auf die bleiche Hand, die regungslos auf der Bettdecke lag.

»Das wüsste ich auch gerne«, antwortete er und beobachtete Jessi. »Ein Junge hat mich dazugerufen, als sie schon ohnmächtig war. Tobi hieß der. Er und sein Kumpel sind mit ihr im Garten gewesen und haben erzählt, sie sei einfach umgefallen. Er meinte, sie würden sie nur flüchtig kennen.«

Daniel fiel erst jetzt die seltsame Szene wieder ein, wie der Junge mit nacktem Oberkörper neben Nova gelegen hatte. Gestern hatte er nur funktioniert, aber rückblickend erschien ihm die Situation mit einem Mal ausgesprochen merkwürdig. Es hatte nicht ausgesehen, als würde er sie wärmen, wie er behauptet hatte. Eher, als würde er sich an sie schmiegen.

Jessis Miene war plötzlich wie versteinert. Sie ließ den Kopf hängen.

»Ich hätte mitgehen sollen. Aber ich hatte keine Lust. Die Party da ... die Leute waren mir einfach zu ...« Sie verstummte und wackelte mit ihrem Fuß.

»Neureich?«

Sie schaute ihn erleichtert an. Natürlich. Sie konnte schließlich nicht wissen, wie er zu den Gastgebern stand.

»Sie hatten mich angeheuert, um den DJ zu

machen. Aber wie sich herausstellte, kamen die ganz gut ohne mich zurecht. Und da ich heute ziemlich früh hier meine Schicht beginnen musste, kam mir das ganz gelegen. Ich wollte gerade gehen, als dieser Tobi nach Hilfe suchte.«

»Aber war Kim denn nicht bei ihr? Nova hatte gesagt, dass die mit ihr dorthin gehen würde.«

Daniel schüttelte den Kopf. »Da war niemand. Zumindest kam keiner nach draußen, der zu Nova gehörte. Vielleicht hat sie gar nicht mitbekommen, was passiert ist.«

»Das würde zu ihr passen«, zischte Jessi. »Wahrscheinlich war sie zu beschäftigt, wenn du weißt, was ich meine ... Kim ist übrigens nicht gerade meine beste Freundin. Und es wäre typisch, wenn sie nicht einmal bemerkt hätte, dass Nova nicht mehr da ist. Sicher ist sie irgendwann sternhagelvoll nach Hause getorkelt. Oder sie hat einen Typen gefunden, den sie abschleppen konnte.«

Beide schauten Nova an, so als würden sie auf eine Antwort von ihr warten, die erklärte, was an dem Abend vorgefallen war.

»Wo ist denn Novas Handy?«, fragte Jessi in die Stille hinein und ließ ihren Blick suchend durch das Zimmer wandern. »Ich hab Kims Nummer nicht, aber Nova hat sie eingespeichert. Dann könnten wir sie fragen.«

»Keine Ahnung. Nova hatte nichts bei sich, als

wir sie gefunden haben. Ich habe auch keine Tasche oder so was dort liegen sehen.«

»Kein Handy? Nova? Das kann nicht sein!« Jessi schaute ihn entrüstet an. »Sie hätte sich nie im Leben von dem Ding getrennt. Auf gar keinen Fall. Für den Notfall hatte sie sogar immer einen Zusatzakku dabei.«

Daniel war gegangen, hatte jedoch versprochen, wiederzukommen. Jetzt stand Jessi alleine am Bett ihrer Freundin. Sie hatte den grauen Hut und die riesige Sonnenbrille mit dem weißen Rand – ihre beiden Markenzeichen – auf dem Tisch abgelegt.

Noch immer schaffte sie es nicht, Nova zu berühren. Zum Glück gab es die Geräte, die kontinuierlich den Herzschlag sichtbar machten, denn in dem Krankenbett wirkte Nova beinahe, als wäre sie schon tot.

Im Nachhinein war Jessi froh, dass Daniel hier gewesen war. So hatte sie ein wenig Zeit gehabt, sich an die Situation und an Novas Anblick zu gewöhnen. Wenn man sich an diese Atmosphäre überhaupt je gewöhnen konnte.

Unruhig trat sie von einem Bein auf das andere, zog schließlich einen Stuhl neben das Krankenbett und setzte sich hin. Sie blinzelte heftig, um nicht zu weinen. Wenn Nova sie so todtraurig hier sitzen sehen würde, wäre sie bestimmt enttäuscht. Nova, die immer stark war, die vor Leben sprühte und fest daran glaubte, dass in jeder miesen Situation etwas Gutes steckte.

»Wir haben immer gewusst, dass das hier eines Tages passieren würde, stimmt's?«, murmelte Jessi. »Ich hatte bloß gedacht, wir hätten noch mehr Zeit.«

Sie schluckte mehrfach und richtete sich auf. Positiv denken. Das würde Nova jetzt sagen. Jessi wedelte mit den Händen, um ihre Augen zu kühlen, die von innen zu brennen schienen. Mit neuem Schwung setzte sie an: »Er hätte dir gefallen, dieser Daniel. Einen echt süßen Retter hast du dir ausgesucht, das muss ich dir lassen.« Sie lachte verkrampft. »In den weißen Krankenhausklamotten hat er beinahe wie ein Engel ausgesehen, als er da an deinem Bett saß.«

Jessi wuschelte sich durch ihre Haare – sie musste diese Gedanken an Tod und Himmel aus ihrem Kopf bekommen. *Nova lebt. Und du musst ihr einen Grund geben zu bleiben,* ermahnte sie sich.

»Ich glaube, er mag dich. Sonst wäre er schließlich nicht wiedergekommen, um dich zu besuchen, oder?« Sie leckte sich über die trockenen Lippen. »Eigentlich sehr romantisch. Ihr habt beinahe wie ein Paar gewirkt. Ganz selbstverständlich hat er hier neben dir gesessen, so als wäre da sein Platz.«

Was rede ich nur?, dachte Jessi. Sie ging zur Tür, öffnete sie vorsichtig einen Spalt und schaute hinaus. Auf dem Gang herrschte Betriebsamkeit, aber keiner kam zu diesem Zimmer. Sie sah auf die Uhr. Nur noch 15 Minuten durfte sie bleiben. »Eine halbe Stunde«, hatte die Schwester gesagt.

Leise schloss Jessi die Tür wieder und sah sich in dem kühlen Zimmer um. Sie setzte sich auf die äußerste Kante des Stuhls, streckte die Hand aus und berührte mit dem Zeigefinger zaghaft Novas Handfläche. Die Haut war warm. Abrupt stieß sie die Luft aus, die sie unwillkürlich angehalten hatte. Daniel hatte Novas Hand gehalten. Warum gelang ihr das nicht? Sie schob sich auf dem Stuhl zurück.

So kannte sie Nova überhaupt nicht. Sie war immer voller Tatendrang gewesen, ihre hellblauen Augen hatten lebhaft gefunkelt, waren stets neugierig und weit offen. Sie wünschte sich, Nova würde ihre Lider aufschlagen und sie wieder mit diesem Blick anschauen. Dann würde es ihr gleich besser gehen. Jessi seufzte. Dieser Wunsch würde sich wohl kaum erfüllen.

Nova war immer die Stärkere von ihnen beiden gewesen. Diejenige, die den Ton angab. Jetzt hatte sich die Balance plötzlich verschoben.

Sie hatten sich erst vor weniger als einem Jahr in der Warteschlange zu einem Konzert von Billy Talent in der Messehalle kennengelernt. Nova stand direkt vor Jessi – und war einfach umwerfend angezogen: Sie trug dunkelrote Bikerstiefel, Netzstrümpfe, schwarze Shorts und eine Lederjacke, unter der ein grob gestrickter Pulli in der Farbe ihrer Schuhe hervorlugte, der fast länger war als die Hose. Jessi hatte sie damals glühend um diese Klamotten beneidet – und um die dichten dunklen Haare. Sie selbst hatte erbärmlich in ihrem viel zu dünnen Shirt und der Jeansjacke gefroren. Aber es war das coolste Outfit, das sie für das Konzert gefunden hatte. Sie beide schienen die einzigen Jugendlichen gewesen zu sein, die alleine in der Schlange standen. Alle anderen waren in Gruppen unterwegs gewesen, hatten herumgealbert oder waren in Gespräche vertieft. Als hätte Nova ihre neidvollen Blicke im Rücken gespürt, drehte sie sich mit einem Mal um. Sie musterte Jessi kurz, lächelte und hielt ihr ein Earphone entgegen.

»Warmhören?«, fragte sie grinsend und Jessi hatte nur genickt. So waren sie einfach zusammen stehen geblieben, hatten im Takt gewippt und von Zeit zu Zeit hatte Nova ihr zugezwinkert.

In der Halle hatte Jessi sich an Novas Fersen geheftet. Sie sprachen zwar kaum miteinander, schrien sich nur nach den ersten Takten die jeweiligen Liedtitel zu, aber die ohrenbetäubende Lautstärke hätte ohnehin keine richtige Unterhaltung zugelassen. Schließlich verließen sie die Halle gemeinsam, ließen noch einmal begeistert die Songauswahl Revue passieren und sangen lauthals die eingängigen Zeilen von »Surrender«, ihres gemeinsamen Lieblingsliedes, während sie in Richtung Bahnhof schlenderten. Bevor Jessica nach Ginnheim weiterfahren musste, gab Nova ihr ihre Handynummer.

»Ich muss doch wissen, ob du gut daheim angekommen bist. Schick mir 'ne Nachricht, okay?«

Seitdem hatten sie sich so oft wie möglich gesehen, täglich telefoniert oder wenigstens gechattet. Bis vor ein paar Tagen ...

»Es tut mir so leid, Nova«, schluchzte Jessi, die bei der Erinnerung an diesen ersten Abend ihre Tränen nicht mehr zurückhalten konnte. Und auch, weil sie sich nie in ihrem Leben so sehr für etwas geschämt hatte.

»Ich hätte mitgehen sollen. Wäre ich dabei gewesen, dann wäre das alles hier vielleicht nie passiert.« Sie strich vorsichtig über Novas Handrücken. »Jedenfalls hätte ich dich nicht alleine gelassen. Niemals.«

Sie sah durch den Tränenschleier in Novas Gesicht, hoffte auf ein Zeichen, dass sie ihr zuhörte, sie verstand. Erneut berührte sie die Hand ihrer besten Freundin. Wartete. Aber nichts geschah. Nova lag einfach da und schien zu schlafen. Ihr Körper war so nah, so warm und doch fragte sich Jessi, wo Novas Seele gerade war: in diesem Zimmer oder doch schon so weit fort, dass nichts und niemand sie zurückholen konnte?

Die Stille, die von Nova ausging, schien plötzlich die Maschinengeräusche zu übertönen. Entschlossen ergriff Jessi nun ihre Hand. »Du darfst nicht gehen, hörst du! Ich bin noch nicht bereit dazu. Und schon gar nicht so. Du lässt mich jetzt nicht allein!«

Sie nahm Novas leblose Finger mit beiden Händen, machte die Augen zu und konzentrierte sich mit aller Macht darauf, ihrer Freundin Kraft zu geben. Einen Willen.

»Ich war so eine Idiotin. Es ging gar nicht um diese Luxusparty. Das war eine Ausrede. Ich ... ich war eifersüchtig. Auf Kim. Du hast so begeistert von ihr erzählt. Diese verrückten Geschichten, die ihr immer passieren, die tollen Reisen, die sie schon unternommen hat. Ich dachte ... du würdest das Interesse an mir verlieren. Ich dachte, ich könnte da einfach nicht mithalten. Du weißt ja, wo ich herkomme und wie ich bin. Und wie ich zu Jungs stehe. Ich will das eben alles nicht so.« Leise fügte sie hinzu. »Noch nicht.« Sie sah Nova zärtlich an. »Bei dir ist das was anderes. Aber ... ich hab mich auf einmal so dumm gefühlt

... wie ein Baby. Du und Kim, ihr seid so erwachsen, wisst, was ihr wollt. Und ich ... ich weiß doch nicht mal, wer ich eigentlich bin.«

Jessi seufzte und strich mit ihrem Daumen immer wieder über Novas schmale Hand, betrachtete den blauen Nagellack, der hier vollkommen deplatziert wirkte.

»Nova, es tut mir so, so leid. Ich schwöre dir, ich lasse dich nicht mehr hängen. Nie mehr. Und jetzt tu mir den Gefallen und komm wieder zurück. Bitte!«

Sie drückte noch einmal ganz zart die regungslose Hand, ließ sie dann aber los. Sie fühlte sich selbst völlig kraftlos und ausgelaugt. Sie hatte ihrer Freundin Zuversicht geben wollen. Dabei war es noch immer Nova, die ihr Kraft gab. Sogar jetzt. Sie war völlig ohne Halt. Jessi hatte keine Ahnung, wohin das Leben sie jetzt treiben würde.

Langsam stand sie auf, nahm ihre Brille und den Hut, bevor sie ein letztes Mal an Novas Bett trat.

»Ich komme morgen wieder. Dann bringe ich Nagellackentferner mit.« Sie deutete auf den Daumennagel, von dem der dunkle Lack abgeplatzt war. »So kannst du schließlich nicht unter die Leute.«

6

Daniel betrat das Lokal, in dem er sich mit Jessi nach seiner Schicht verabredet hatte. *Walden*. Jessi hatte es vorgeschlagen, weil es nicht weit von der Hauptwache entfernt war und man dort in Ruhe reden konnte.

Eigentlich hatte er heute in der Fußgängerzone spielen wollen, um die letzten Spätsommerabende auszunutzen, an denen noch genug Menschen über die Zeil flanierten und er ein paar Euro dazuverdienen konnte. Aber die vergangene Nacht steckte ihm in den Knochen und er sehnte sich nur nach etwas Essbarem und vor allem nach seinem Bett. Gegen den Hunger konnte er bereits hier etwas tun, denn ein verführerischer Pastageruch zog durch den Raum.

Er suchte sich einen Tisch, der zwar für zwei Leute zu groß war, aber in einer Ecke direkt am Fenster stand, wo Jessi ihn schon von draußen gut sehen konnte, und begann, die Karte zu studieren. Ein riesiges Schnitzel wäre zwar eigentlich die bessere Variante gewesen, aber die Nudelgerichte klangen sehr lecker, und wenn er nicht satt wurde, konnte er immer noch auf dem Heimweg nach Bornheim an einer Dönerbude haltmachen.

Er beobachtete die Leute, die über die Straße eilten, und bestellte schon mal einen Kaffee. Mit dem Essen wollte er warten, bis Jessi kam. Vielleicht hatte sie auch Hunger und es wäre unhöflich, ohne sie anzufangen. In dem Moment entdeckte er ihren Hut und sah, wie sie mit leichten, federnden Schritten auf das Café zukam. Beim flüchtigen Hinschauen hätte man meinen können, dass ihre Füße den Boden überhaupt nicht berührten. Er musste lächeln, als er an ihren energischen Auftritt im Krankenhaus dachte. Hätte er sie hier zum ersten Mal gesehen, wäre er nie auf die Idee gekommen, dass diese Elfe so forsch sein könnte.

Mit ihrem Look fiel sie auf, aber auf eine angenehme, zurückhaltende Art und Weise. Auch das Lokal mit seinen roten, stylischen Glühbirnen in den Deckenlampen passte zu ihr. Dezent und dennoch besonders. Er war gespannt, was sie beruflich machte, sie konnte jedoch auch durchaus eine Schülerin sein.

Er hob die Hand, als sie das Café betrat und mit ihrer riesigen Sonnenbrille auf der Nase den großen Raum absuchte. Ein Lächeln huschte über ihr Gesicht.

»Sorry, ich hab dich ohne deine Krankenhausklamotten erst nicht erkannt«, frotzelte sie grinsend, legte Hut und Brille auf den Tisch und setzte sich ihm gegenüber hin.

»Enttäuscht?«, konterte Daniel.

Statt einer Antwort öffnete sie die Karte, schaute aber gar nicht richtig hinein, sondern schlug sie wieder zu und fächelte sich damit Luft ins Gesicht.

»Ich würde gerne Pasta bestellen. Wie steht's mit dir? Isst du auch was?«

Zu seiner Überraschung sagte sie: »Klaro. Zwei Stück Kuchen mit Sahne. Das brauch ich jetzt.«

Sie musste die Verblüffung in seinem Gesicht bemerkt haben. »Nervennahrung«, erklärte sie. »Das war heute alles ein bisschen viel für mich.«

Instinktiv wollte er ihre Hand nehmen, hielt sich aber zurück. Er war sonst nicht so, dass er dauernd das Bedürfnis hatte, jemanden anzufassen. Diese beiden Mädchen weckten eine völlig neue Seite in ihm.

Um sie aufzuheitern, sagte er: »Dann lade ich dich ein. Sozusagen mein Beitrag zum Seelentrösten.«

Bevor sie etwas erwidern konnte, winkte er der Bedienung.

»Was magst du trinken?«

»Einen doppelten Espresso, bitte.«

Verblüfft zog er eine Augenbraue hoch. Auch das hatte er nicht erwartet. Er gab die Bestellung auf und wandte sich an Jessi.

»Ist nicht so einfach für dich, das Ganze hier, oder?«

»Das kannst du laut sagen!« Sie lächelte angestrengt. »Ich hoffe noch immer, dass ich einfach aufwache und das alles gar nicht wahr ist.«

»Kann ich verstehen. Ich ...«, er stockte einen Moment, bevor er weitersprach, »ich habe schon mal etwas ganz Ähnliches erlebt.« Er sah zum Fenster hinaus.

Der fehlende Schlaf hatte ihn ausgelaugt und er musste kämpfen, um jetzt die Fassung nicht zu verlieren.

Glücklicherweise durchbrach die Bedienung die Stille und stellte ihnen die Getränke auf den Tisch.

»Das Schlimmste ist: Ich fühle mich, als wäre es meine Schuld, dass ihr das passiert ist«, murmelte Jessi.

Daniel schob die eigenen Gefühle, die ihn gerade zu überwältigen drohten, dankbar weit von sich und beeilte sich zu sagen: »Aber das bist du nicht! Du warst doch nicht einmal dabei. Solche Dinge kommen einfach vor.«

Jessi schnaubte und schüttelte ihre Ponyfransen, die immer wieder die Hälfte ihres Gesichtes verbargen, vor den Augen weg.

»Das sagt sich so leicht. Ich weiß ja nicht einmal, was auf der Party los war. Das macht mich wahnsinnig! Wieso war sie überhaupt draußen im Garten? Was hatte sie mit diesen Typen zu schaffen? Es waren doch genug Bekannte da.«

Daniel rutschte ungemütlich auf seinem Stuhl herum.

»Was?«, fragte Jessi und beugte sich über den Tisch.

Er rieb über sein Kinn, an dem die Bartstoppeln unangenehm zu jucken schienen.

»Ich hab diesem Tobi meine Nummer gegeben. Damit er nachfragen kann, wie es Nova geht.«

Daniel hielt inne.

»Und?«

»Er hat sich bisher nicht gemeldet.«

Jessi ließ sich nach hinten gegen ihre Stuhllehne fallen und wartete darauf, dass er weiterredete.

»Ich finde das seltsam. Frederik, bei dem die Party stattfand, der ist ja erst dazugekommen, als sie von den Sanis auf der Trage weggebracht wurde. Aber der hat gleich am Morgen angerufen, um zu hören, was mit ihr ist.«

Jessi strich mit ihrem Zeigefinger immer wieder über den Bügel ihrer Sonnenbrille.

»Ich hab mir die Nummer von Tobi leider nicht geben lassen. Hab ich einfach vergessen. Frederik sagte sein Name zwar was, aber der hatte auch keine Nummer. Er kennt ihn von der Schule. Sie sind in derselben Jahrgangsstufe. Er meinte, er würde ihn sicher in der Pause treffen.«

Jessi runzelte die Stirn. »Also hat er Tobi bestimmt erzählt, dass Nova im Koma liegt. Ist es dann nicht logisch, dass der nicht mehr anruft?« Jessi klappte die Brille zusammen und schob sie unter ihren Hut.

»Stimmt schon. Aber diese ganze Situation war seltsam. Die beiden waren irgendwie nervös und es wirkte, als hätten sie etwas zu verbergen.«

Jessi rückte wieder auf ihrem Stuhl nach vorne, öffnete die Dose auf dem Tisch und löffelte Zucker in ihren Espresso.

»Und dieser andere Typ, Sebastian, der lag neben ihr, als wir ankamen.«

»Wie bitte?«, fragte sie und hielt in der Bewegung inne.

»Er hatte sein Hemd über sie gebreitet. Angeblich, weil sie sich so kalt angefühlt hat. Dabei hatte er weder den Arm über sie gelegt, noch versucht, ihren Körper zu wärmen. Ich weiß nicht, wie ich das erklären soll, aber er hätte sie anders angefasst, wenn er sie hätte wärmen wollten.« Daniel schloss die Augen, versuchte sich noch einmal genau an die Szene zu erinnern. »Und er hätte nicht so selig gelächelt«, fügte er hinzu.

Jessis Hand begann so stark zu zittern, dass

die weißen Kristalle vom Löffel auf die Tischplatte fielen.

»Du meinst ...« Sie schaute ihn flehentlich an.

Daniel zuckte die Schultern.

»Scheiße! Ich wusste es! Ich hätte mitgehen sollen«, fluchte sie. Sie trank einen Schluck von ihrem Espresso. »Bah!«, entfuhr es ihr. Der Zucker hatte sich noch nicht aufgelöst, deshalb rührte sie nun energisch in ihrer Tasse und leerte sie dann in einem Zug. »Ich muss herausfinden, was an dem Abend passiert ist.«

»*Wir* müssen«, sagte Daniel resolut.

Jessi legte den Kopf schief. »Wir?«

»Wenn sich einer Vorwürfe machen müsste, dann ja wohl ich. Schließlich habe ich das gesehen und nichts getan. Ich war völlig auf Nova fixiert, darauf, ihr zu helfen ...« Leiser fuhr er fort: »Sie zu retten ... dabei hätte ich besser gleich die Polizei verständigen sollen.«

Jessi musterte ihn. Ihr Misstrauen wunderte ihn nicht, denn sein Engagement für eine Unbekannte musste seltsam wirken. Aber er war nicht bereit, ihr zu erzählen, warum er sich so für Nova ins Zeug legte. Nicht heute.

»Okay«, sagte sie schließlich, hielt die Augen aber immer noch zu Schlitzen verengt.

Er musste behutsam ihr Vertrauen gewinnen, war jedoch zuversichtlich, das zu schaffen.

»Was schlägst du also vor?«

Erleichtert trank auch er einen Schluck. Der Kaffee war nur noch lauwarm, schmeckte dennoch kräftig und gut.

»Kannst du dich vielleicht in eurem Bekanntenkreis umhören, wer bei der Party war? Vielleicht hat ja jemand was beobachtet.«

»Das hat nicht viel Sinn. Ich ... Das waren eher Novas Leute, nicht meine. Ich glaube, sie kannte die nicht einmal besonders gut. Außer Kim. Nova geht einfach gerne aus, tanzen und feiern. Sie will Spaß haben.« Bedrückt schaute Jessi auf die Tischplatte und schob die Zuckerkristalle zu kleinen Haufen zusammen. »Aber ich höre mich natürlich um. Wer weiß.«

»Und ich rufe noch einmal diesen Frederik an. Womöglich hat er ja mitbekommen, mit wem Nova so geredet hat.«

Jessi nickte eifrig und es schien wieder Leben in sie zu kommen. »Und die Nachbarn? Vielleicht haben die ja was gesehen?«

»Kann ich mir nicht vorstellen. Rund um das Grundstück stehen mannshohe Hecken. Und da hat sich auch niemand gerührt, als der Krankenwagen kam.«

»Okay. Sollen wir dann später telefonieren? Nachdem du Frederik angerufen hast?«

Daniel rieb sich verlegen den Arm. »Ich fürchte, da muss ich passen, Jessi.«

»Oh«, sagte sie enttäuscht.

»Nein, nein! Ich mache keinen Rückzieher. Nur hab ich in der letzten Nacht kein Auge zugetan und muss dringend schlafen. Schließlich habe ich morgen wieder Frühdienst.«

»Verstehe.« Sie lächelte. »Dann schick mir einfach eine SMS.«

»Und hier kommt das Essen«, flötete die dunkelhaarige Bedienung.

7

Seine Sohlen quietschten auf dem blauen Krankenhausboden. Daniel grüßte freundlich ins Schwesternzimmer und eilte dann schnell daran vorbei. Die Tür zu Novas Zimmer war nur angelehnt. Drinnen wurde heftig gestritten.

Kurzerhand schob er den Wagen mit dem Mittagsgeschirr, der noch im Gang stand, näher an den Raum heran und begann, leise die Teller zu sortieren.

»Wie soll das denn weitergehen, Thomas? Der Arzt hat gesagt, ihr Zustand kann noch wochenlang so bleiben. Schon nach 48 Stunden hat ihr Gehirn mit großer Wahrscheinlichkeit irreparable Schäden. Ich kann nicht jeden Tag hierherkommen, absolut nicht. Du weißt, wie es in der Kanzlei aussieht. Sie behaupten zwar, sie hätten Verständnis, aber das wird nicht ewig anhalten.«

»Und wenn du dich für die Zeit beurlauben

lässt? Und solange auf dein Gehalt verzichtest?«

»Das ist wieder so typisch! Wieso sollte ausgerechnet ich das tun? Warum nicht du?«, keifte die Frau.

Für einen Moment war es still. Daniel hielt inne, um keine Silbe dieser Unterhaltung zu verpassen.

»Weil es deine Aufgabe ist«, sagte der Mann bestimmt.

»Meine Aufgabe? *Meine Aufgabe?* Meine Aufgabe habe ich längst übererfüllt. Jedes Jahr ein Krankenhausaufenthalt, die Gespräche mit der Schule, Arztbesuche. Mein Soll ist übererfüllt, Thomas! Ich kann einfach nicht mehr. Und ich will auch nicht mehr.«

»Aber in so einer Situation braucht Nova ihre Mutter!«

»In so einer Situation? Sie spricht nicht mit mir, schon vergessen? Auch nicht vor dieser Geschichte. Meine Meinung interessiert sie schon lange nicht mehr und sie hat mir oft genug gezeigt, dass sie auf mich und meine Gesellschaft keinen Wert legt. Dafür riskiere ich meinen Job bestimmt nicht.«

»Ich genauso wenig«, konterte der Mann. »Immerhin bringe ich mehr Geld nach Hause, als du jemals verdienen wirst, und wer weiß, was uns das hier kostet. Hast du überhaupt schon bei der Versicherung angerufen und das geklärt?«

»Schön, dass du wieder etwas gefunden hast, was ich versäumt habe. Gibt es in deinem Büro kein Telefon?«

Daniel schob den Wagen lautstark wieder an den alten Ort zurück. Er hatte genug gehört und verstand nun, warum Nova gerne feierte. Zu Hause, bei ihren Leuten, das schien wahrhaftig die Hölle zu sein. Sicher war ihr jede Ablenkung willkommen. Er begriff nicht, wie Eltern sich so verhalten konnten. Nova war doch ihr Kind und egal, wie das Verhältnis war – hätten sie nicht besorgt sein müssen? Oder traurig? Verzweifelt?

Er hatte nur Wut gespürt. Und Kälte.

Er beeilte sich, nach Hause zu kommen, nur weg von dieser furchtbaren Atmosphäre.

An der frischen Luft angekommen, atmete er tief durch. Er zog sein Handy heraus, um Musik zu hören und auf andere Gedanken zu kommen. Dabei stellte er fest, dass Jessi ihn offenbar vor Kurzem angerufen hatte. Im Krankenhaus machte er das Ding immer aus.

Sie hatte eine Nachricht auf der Mailbox hinterlassen und bat ihn darum, sie zu Frederik zu begleiten. Sie wollte noch einmal nachsehen, ob Novas Tasche vielleicht dort liegen geblieben war. Dann, so hoffte sie, könnte sie Kim anrufen und endlich mehr über den Abend erfahren. Daniel nickte zustimmend.

Kurzerhand drückte er den Rückruf. Er hatte

große Lust, Jessi wiederzusehen und hoffte, sie hätte gleich Zeit.

»Wagner«, meldete sie sich mit Flüsterstimme.

»Daniel hier. Klar gehe ich mit dir zu Frederik. Ich bin gerade noch beim Krankenhaus und wollte fragen, ob du vielleicht jetzt sofort zu ihm willst. Heute Abend muss ich jobben, aber davor ist es kein Problem.«

Wieder antwortete sie leise: »Ich bin bei einem Job. Aber ich komme, sobald ich fertig bin. Dauert noch 'ne halbe Stunde oder so. Wo treffen wir uns?«

»Im *K'ties*? Kennst du das? Ein kleines Café in der Textorstraße, das dir bestimmt gefällt.«

Normalerweise ging Daniel nie viel aus und nun schon das zweite Mal in kürzester Zeit. Er musste sich unbedingt am Abend wieder etwas dazuverdienen, damit er nicht am Ende des Monats pleite war.

Als Jessi antwortete, hörte er ihrer Stimme an, dass sie lächelte. »Das finde ich schon. Ich komme so schnell wie möglich. Bin gespannt. Ciao.«

Videoblog vom 14. März 2013

(Nova sitzt auf dem Boden vor ihrer Balkontür, ihr Blick ist nach draußen in den Himmel gerichtet)

Die Sonne scheint. Endlich mal. Diese dunkle Jahreszeit zieht mich immer runter. Und trotzdem könnte ich nur heulen. Mein tolles Zuhause mal wieder. Es macht mich fertig, sage ich euch.

Ich frage mich immer wieder: Wieso? WIESO?

Ich kapiere es einfach nicht. Meine Mutter nervt total. Wenn man ihren endlosen Vorträgen zuhört, könnte man glatt meinen, sie wäre die bedauernswerte Kranke hier, nicht ich.

Eine so schreckliche Belastung, die unzähligen schlaflosen Nächte, blablabla. Und die Nerven, immer wieder die Nerven. Was interessieren mich denn ihre Nerven? Ich wäre froh, wenn ich nur meine Nerven verlieren würde. Für mich geht es um mein verdammtes Leben! Was glaubt die eigentlich, wie oft *ich* verzweifelt bin? Wie oft *ich* nachts wach liege? Mich nicht traue einzuschlafen, weil ich Angst habe, vielleicht nicht wieder aufzuwachen! Aber wenn ich ihr das sage, dann nehme ich ihre Probleme nicht ernst, versetze mich nicht in sie hinein. Blöde Kuh! Als ob ich mir das ausgesucht hätte! Jeden Tag Medikamente und diese scheiß Angst, es könnte genau heute vorbei sein. Dass ich diese tolle Sonne nicht mehr sehe. Nie mehr.

(Sie senkt den Kopf, legt ihn auf die angezogenen Knie, den Blick weiter abgewandt)

Mein Vater – der steht nur schweigend daneben und zieht den Kopf ein. Ich wüsste wirklich gerne, für wen er sich mehr schämt: für meine Mutter, die herumlamentiert und in Selbstmitleid versinkt, oder für mich, den ultimativen Fehler.

Die machen mich echt fertig! Geben mir das Gefühl, als wäre ich eine Mogelpackung, die ihnen das Schicksal untergejubelt hat.

Womit sie ja auch irgendwie recht haben. Ich passe einfach nicht hierher. Weder zu ihrer stylischen Wohnung noch zu der perfekten Zukunft, die die beiden geplant haben. Denen wäre am liebsten, meine Krankheit wäre schön unauffällig. Damit keiner davon belastet wird.

(Nova hebt den Kopf, ballt die Fäuste und schnaubt wütend)

Alle reden dauernd von meinem schlimmen Schicksal. Schauen peinlich berührt zu Boden oder tun so, als würden sie sich kümmern. Dabei sind sie nur neugierig. GAFFER, alle zusammen.

Doch meine Eltern, diese Oberscheinheiligen, die HASSE ich. Wenn das ginge, hätten die mich längst umgetauscht. »Das Produkt entspricht nicht den Erwartungen«, würde auf meinem Rückgabezettel stehen.

Und dafür soll ich auch noch DANKBAR sein? Weil sie mich
nicht einfach verrecken, sondern mir »die beste Versorgung« zukommen lassen, wie sie vor ihren versnobten Freunden immer betonen.

Ich pfeife auf Versorgung. Ich will LIEBE! Aber die gibt's hier nur für Gesunde. Nicht für eine tickende Zeitbombe wie mich.

Ein scheiß Deal ist das! Das sage ich euch.

Ich könnte kotzen!

(Das Mädchen streckt der Kamera die Zunge heraus, dreht dann den Kopf weg. Das Bild bleibt weiter auf ihre schweigende Silhouette gerichtet)

Der untere Rand von Tobis Sonnenbrille war beschlagen, als er das Krankenhaus durch die Drehtür betrat. Er hatte in der Schule gelogen und behauptet, er müsse dringend zum Arzt. Was ja auch in einem gewissen Sinne der Wahrheit entsprach.

Während der Nacht hatte er schlaflos im Bett gelegen und schließlich keinen anderen Ausweg mehr gesehen, als ins Krankenhaus zu gehen. Aber daheim hatte sich sein Plan viel leichter angefühlt.

In diesem Augenblick überfiel ihn Panik, er schwitzte wie ein Schwein und benahm sich vermutlich so seltsam, dass längst jeder hinter ihm herstarrte. Tobi hastete durch die Gänge und blieb vor dem Aufzug stehen. Seine Hand flatterte über den Fahrstuhlknöpfen. So ein Mist! Er wusste überhaupt nicht, wo sie lag! Unauffällig hatte er sein wollen. Und jetzt musste er sogar nach ihr fragen. Oder auf dem Absatz kehrtmachen und gehen. Wie ein Schlappschwanz.

Energisch drehte er sich um und eilte in Richtung der Eingangshalle. Die Frau am Informationscounter hob den Kopf und lächelte ihn freundlich an.

Er räusperte sich. Hätte er doch bloß Blumen dabei, dann würde er wie ein harmloser Besucher wirken. Er nahm die Sonnenbrille ab, blickte jedoch zu Boden.

»Ich möchte jemanden besuchen«, sagte er mit brüchiger Stimme.

»Der Name?«, fragte die Blondine freundlich, den Blick zum Bildschirm gewandt. Ihre Finger lagen auf der Tastatur, bereit, das Gesagte gleich einzugeben.

»Nova Jacobs.«

»3. Stock. Zimmer 101.«

Er murmelte ein »Danke« und ging mit raschen Schritten in die Richtung, aus der er gekommen war. Dieses Mal drückte er die Drei.

Der Aufzug fuhr langsam.

Zwar war er alleine in der Kabine, aber mit jedem Meter, den er höher fuhr, stiegen seine Nervosität und Anspannung. Er versuchte sich zu beruhigen, indem er sich immer wieder sagte, alles sei gut gegangen. Jetzt würde er auch den Rest schaffen.

Er ballte die Fäuste. Es musste einfach klappen.

Im dritten Stock bemühte er sich um Orientierung, lief zunächst aber in die falsche Richtung. Glücklicherweise nahm niemand auf dem Gang Notiz von ihm, deshalb schob er sich schnell in das Zimmer hinein, als er die richtige Nummer gefunden hatte. Leise schloss er die Tür hinter sich, holte tief Luft und drehte sich dann zaghaft um.

Dort lag Nova, zweifellos. Aber in dem riesigen Bett wirkte sie viel kleiner und schmaler, als er sie in Erinnerung hatte. Mit zögernden Schritten kam er langsam näher, verharrte dann am Fußende. Sein Blick wanderte rasch von ihr zu den Apparaturen. Trotz der Geräusche war das Zimmer seltsam still. Wegen ihr. Sie lag da ohne jede Bewegung, starr und bleich. Er raufte sich die Haare.

Was hatten sie nur getan? Es war nicht einfach passiert. Sie trugen die Schuld, hatten genau gewusst, was sie taten. Und doch geglaubt, damit durchzukommen. Plötzlich schob sich ein anderes Bild vor seine Augen: wiegende Hüften im Tanz, das Gesicht hinter ihren Haaren verborgen, ihre weiche Haut, so nah, dass er die feinen Härchen darauf sehen konnte.

Er schaute in das Gesicht im Kissen, das eher wie eine Nachbildung aus Wachs wirkte, nicht mehr so, wie er sie auf der Party erlebt hatte. Konnte sie nicht einfach wach werden? Aber das würde nicht passieren. Das war ihm jetzt klar.

Seinen Plan konnte er damit vergessen. Er hatte um Verzeihung bitten wollen. Darum, dass sie schweigen solle. Was auch immer sie verlangt hätte, er wollte alles tun.

Er leckte sich über die Lippen. Wieder schmeckte er sie. Rasch griff er nach dem Papiertuch auf dem Nachttisch, suchte einen Papierkorb, irgendetwas, in das er sich erbrechen konnte. Aber es kam nur ein keuchendes Würgen. Schwer atmend wischte er sich den Mund mit dem Papier ab, stützte sich gegen die Wand.

Während er aus dem Zimmer rannte, raus aus dem Krankenhaus, so weit weg von ihr, wie er konnte, fragte er sich, was nur mit ihm los war. Hatte er hier tatsächlich Vergebung erwartet?

Er war so ein Vollidiot!

9

Jessi hatte das Café, in dem man nicht nur trinken und essen, sondern auch die meisten Einrichtungsgegenstände kaufen konnte, kaum eines Blickes gewürdigt. Sie mochte sich nicht hinsetzen, sondern drängte Daniel, sofort Frederik anzurufen. Der war tatsächlich zu Hause und so machten sie sich gleich auf den Weg.

Jessi trug einen großen Metallkoffer, der sehr schwer aussah, und eine schwarze Tasche. Daniel kam ihr zu Hilfe und nahm den Koffer.

»Was ist denn da drin?«, fragte er neugierig.

»Ich hab doch gesagt, dass ich gerade von einem Job komme. Ich bin Visagistin und hier drin ist quasi mein Werkzeug. Schminke und so. Also, eigentlich bin ich noch in der Ausbildung, aber nebenbei jobbe ich bei einem Fotografen.«

Daniel schaute sie verdutzt an. Er hatte eigentlich gedacht, dass Jessi kein Make-up trug. Erst jetzt sah er, dass sie tatsächlich ganz dezent geschminkt war.

»Wie kommt man darauf, so was zu machen?«, wollte er neugierig wissen.

»Gar nicht. Das war Novas Idee. Ich ... als ich Nova kennengelernt habe, hatte ich gar keinen Job. Und auch keine Ahnung, was ich tun sollte. In einem Büro zu sitzen konnte ich mir nicht vorstellen und ich hab auch nur ganz knapp die mittlere Reife gepackt. Nova meinte, ich müsste was mit Mode machen. Tja und plötzlich stand sie vor mir und schenkte mir diesen Koffer.«

»Einfach so?«

»Einfach so. Ihre Eltern hätten ziemlich viel Geld, meinte sie, und da hat sie ihn eben gekauft. Schätze, die wissen das aber nicht.«

Das glaubte Daniel sofort. Er erinnerte sich daran, dass Novas Mutter auch nichts von dem Tattoo gewusst hatte. Das ihr eigentlich hätte auffallen müssen.

»Nova ist immer so. Wenn sie eine Idee hat, die sie für gut hält, dann setzt sie die einfach in die Tat um. Ohne groß nachzudenken.« Sie lächelte. »Sie macht so ziemlich alles für andere. Sie ist echt ein toller Mensch. Selbstlos.«

Was definitiv leichter ist, wenn man Geld hat, dachte Daniel, hielt sich aber mit dem Kommentar zurück.

»Verstehst du jetzt, warum ich mich so schlecht

fühle? Sie war immer so großzügig und ich ... ich habe mich kleinlich und eifersüchtig aufgeführt.«

»Jetzt hör auf, dich fertigzumachen, Jessi. Du musst nach vorne schauen. Und du tust doch was! Du hast Nova besucht und du versuchst herauszufinden, was in der Nacht geschehen ist.« Er wies mit der Hand geradeaus. »Wir sind da.«

Frederik pumpte gerade in der Einfahrt zur Garage sein Fahrrad auf. »Hey, Daniel! Ich habe noch einmal nachgesehen und du hattest recht: Da lag eine Handtasche. Auf der Heizung, war aber ein bisschen von einem Vorhang verdeckt. Deshalb hab ich die vorher nicht gesehen. Ist sie das?«

Jessi nickte und nahm die Tasche gleich an sich. Sie zog ein weißes Handy daraus hervor, das mit einem Totenkopf aus Glitzersteinen besetzt war. Das Display blieb jedoch schwarz, als sie es anschaltete. Offenbar hatte es keinen Saft mehr. Wieder wühlte Jessi im Inneren des mintfarbenen Täschchens und zog schließlich mit triumphierendem Blick einen Ersatzakku heraus. Sie tauschte ihn rasch aus und fragte: »Kann ich mich drinnen noch etwas umsehen?«

»Ich hab zwar keine Ahnung, was du suchst, aber bitte.« Frederik wies ihr galant den Weg ins Haus und Jessi eilte hinein. Als Frederik keine Anstalten machte, ihr zu folgen, versuchte Daniel mehr zu erfahren.

»Hast du Tobi heute eigentlich gesehen? Was sagt der denn dazu?«

»Nee du, sorry. Der war gar nicht in der Schule. Der Rest der Clique war da, aber Tobi stand nicht dabei. Keine Ahnung. Heute gab's 'ne Matheklausur und vielleicht hatte er darauf einfach keinen Bock.«

»Was sind denn das für Typen in der Clique? Kennst du die besser?« Daniel bemühte sich, gleichgültig zu klingen. Er sah, dass Jessi schulterzuckend aus dem Haus kam. Sie ging ein Stück weiter und setzte sich etwas abseits auf ein Mäuerchen, um zu telefonieren.

»Die hängen immer zusammen rum. Sind wohl Nachbarn. Seit dem Kindergarten befreundet oder so. Aber ich kenne nur Tobi näher, mit dem bin ich im Mathekurs. Mit dem Rest hab ich weiter nichts zu tun.« Er kniff die Augen zusammen. »Warum fragst du?«

»Ach, nur so.« Daniel schaute auf die Uhr. »Ich muss dann mal wieder los.«

»Hey, und was macht ihr jetzt mit der Tasche? Ich meine, da war zwar kein Geld drin, aber wegen dem Handy und so ...«

»Keine Sorge, Jessi bringt die Sachen entweder ins Krankenhaus oder zu Novas Eltern. Sie ist Novas beste Freundin.«

»Echt? Warum hab ich die dann noch nie gesehen?« Frederik musterte Jessis schlanke Beine.

»Schade, dass Nova sie nicht mitgebracht hat. Meine Partyschnecke war nicht so niedlich. Wenn sie auch so drauf ist wie Nova, wäre das sicher ein Spaß geworden.« Er feixte. »Aber wer weiß, vielleicht beim nächsten Mal.«

Daniel ballte die Faust in der Tasche, bemühte sich aber, ruhig zu bleiben.

»Wer weiß«, presste er hervor und hatte es nun mehr als eilig zu verschwinden. Es schockte ihn, dass Frederik völlig normal von Nova und der Party redete. Nach nur zwei Tagen dachte scheinbar niemand mehr daran, dass das Mädchen ins Koma gefallen war. Als ob das etwas völlig Alltägliches war. Er musste dringend hier weg. Vielleicht hatte Jessi etwas herausfinden können. Eilig sagte er: »Noch mal danke fürs Nachschauen. Wir sind dann wieder weg.«

»Viel Spaß«, antwortete Frederik mit einem zweideutigen Grinsen.

Jessi hielt frustriert das Handy in der Hand. Sie spulte das Gespräch mit Kim noch einmal im Kopf ab. Kim hatte gleich in den Hörer geflötet. Natürlich – denn sie hatte im Display Novas Namen gesehen. Kein Wunder also, dass sie gereizt reagierte, als sich dann Jessi meldete.

»Telefonierst du immer mit auf Kosten anderer Leute in der Weltgeschichte herum?«, hatte Kim sie angeblafft.

Spontan wollte Jessi das Gespräch wegdrücken. Aber sie hatte sich beherrschen können und so neutral wie möglich gefragt, was auf der Party los gewesen war.

»Die war endgeil«, hatte Kim geantwortet. »Der Frederik, der hat ja tolle Eltern, die haben uns das ganze Haus überlassen. Unten war die Fete für die Kleinen und oben ...« Daraufhin hatte sie nur laut und affektiert gelacht.

Jessi hatte sich erneut zusammengerissen. »Also war Nova oben? Mit dir und mit wem noch?«

»Nova? Nee, die wollte unten dancen. Da habe ich sie später aber auch nicht mehr gesehen. Sag mal, warum fragst du mich das eigentlich und nicht Nova? Gibst du sie mir gerade mal? Ein Freund von Frederik, der feiert nächstes Wochenende ...«

Jessi konnte es partout nicht fassen. Kim hatte nichts, absolut gar nichts von der ganzen Geschichte mitbekommen. Wie war das möglich? Darüber hatten doch bestimmt alle auf der Party gequatscht.

Jessi hatte kurz nachgedacht. Es konnte dafür nur zwei Lösungen geben: Entweder war Kim nicht auf der Party gewesen oder sie log. Blieb bloß die Frage: Warum?

»Ich denke, Nova wird da nicht mit dir hingehen«, hatte sie schließlich geantwortet.

»Und woher willst du das wissen? Gib sie mir jetzt bitte mal und spiel hier nicht das Kindermädchen, Kleine.«

Jessi hasste es, wenn sie »Kleine« genannt wurde. Ihre drei großen Brüder nannten sie immer so und ernteten regelmäßig Kniffe und Tritte dafür. An die richtige Stelle. Ihre Antwort an Kim war auch etwas in der Art gewesen. »Ich kann sie dir nicht geben. Nova liegt im Krankenhaus.«

»Echt? Krass!« Plötzlich hatte Kim nicht mehr so selbstbewusst und munter geklungen. »Na, dann grüß sie mal. Sag ihr, sie soll sich melden, wenn sie wieder Bock auf Party hat. Und ... gute Besserung!«

Zack, schon hatte Kim das Gespräch weggedrückt. Jessi schaute noch Minuten später ungläubig auf das Display. Was war das denn gewesen? Sie konnte diese komische Reaktion nicht einordnen, hatte aber eigentlich nichts anderes von dieser oberflächlichen Tussi erwartet.

Wieder fragte sie sich, was Nova eigentlich mit ihr zu schaffen hatte. Die beiden passten gar nicht zusammen. Sie steckte das Handy in Novas Tasche zurück und überlegte. Jetzt stand sie wieder ganz am Anfang.

Nova war alleine auf der Party herumgelaufen und es gab keinen Anhaltspunkt, außer diesen beiden Jungs: Tobi und Sebastian. Aber wenn die irgendetwas mit Novas Zustand zu tun hatten, würden die das sicher nicht erzählen. Eine echte Sackgasse.

Sie schaute in Richtung des Gartens, in dem Nova gelegen hatte, und sah, dass Daniel gerade zu ihr herüberschlenderte.

Er schüttelte kaum merklich den Kopf und hatte eine Hand tief in den beigefarbenen Chinos vergraben, mit der anderen trug er ihren großen Schminkkoffer. Seine Haltung wirkte, als sei er verärgert. Ganz anders als die von Frederik, der selbstbewusst und kraftstrotzend ein Stück weit entfernt stand und ihr breit grinsend zuwinkte.

Sie grüßte widerwillig zurück und bemühte sich um ein Lächeln. Diese Art Jungs ignorierte sie sonst, aber sie wusste nicht, ob sie ihn bei ihren Recherchen nicht noch einmal brauchen würde. Daniel beobachtete sie dabei mit hochgezogener Augenbraue.

»Fehlanzeige«, rief sie Daniel entgegen und wich seinem Blick aus.

»Lass besser die Finger von solchen Typen«, raunte er ihr zu und wies mit dem Kopf in Richtung Frederik. Jessi sah erstaunt zu ihm hoch. Daniel sah verflixt gut aus. Er war groß, hatte braune Haare, leicht sonnengebräunte Haut und wirkte gepflegt. Nett war er noch dazu. Aber wieso spielte er sich nun auch ihr gegenüber als Beschützer auf? War das vielleicht ein Tick von ihm? Er kannte sie doch kaum und sie hatte Frederik lediglich gegrüßt. Diese Einmischung ging ihr fast etwas zu weit. Was wusste sie eigentlich über ihn? Gar nichts.

Bloß, dass er Nova ins Krankenhaus begleitet hatte. Bisher konnte allerdings niemand Jessi diese Version der Geschichte bestätigen. Wer garantierte ihr eigentlich, dass Daniel die Wahrheit sagte?

»Frederik hat Tobi nicht gesehen. Der war

heute auch nicht in der Schule, behauptet er«, fuhr Daniel fort.

»Und Kim hat sich gleich zu Beginn der Party von Nova getrennt und sich in den ersten Stock verzogen.« Jessi musterte gespannt Daniels Gesicht, der abwartend vor ihr stand.

Er schaute sie erstaunt an und fragte: »Oben? Was soll denn oben gewesen sein? Davon habe ich gar nichts mitbekommen.«

»Keine Ahnung. Sie hat nichts Näheres dazu gesagt. Nur, dass Frederiks Eltern so cool sind und sie ihnen das ganze Haus überlassen haben.«

Daniel lachte. »Unheimlich cool. Der Vater ist auf Geschäftsreise in Asien und Frederiks Mutter begleitet ihn. Ich habe meine Zweifel, dass die überhaupt von der Party wussten. Deshalb war Frederik von Anfang an so darauf aus, alle Fenster geschlossen zu halten, obwohl drinnen ziemlich schlechte Luft war. Er wollte nicht, dass die Nachbarn sich beschweren.«

»Seltsam, dass Nova dann mit den Jungs in den Garten gegangen ist. Andererseits erklärt das Kims Geschichte, warum die Partygäste sich im ganzen Haus aufhielten.«

»Auch wieder wahr.« Daniel rieb sich nachdenklich das Kinn. »Hast du denn mal nachgeschaut, ob alle ihre Sachen da sind?«

Jessi schlug sich mit der flachen Hand vor den Kopf – auf die Idee war sie tatsächlich nicht gekommen. Sie zog ihren Rock glatt und leerte den Inhalt der Tasche auf ihre Knie aus: Ein Schlüsselbund, Lipgloss, ein winziges Portemonnaie und einige Briefchen mit Tabletten fielen heraus.

»Holla«, entfuhr es Daniel. »Ist Novas Mutter Apothekerin?«

Erstaunt sah Jessi ihn an. Sie hatte immer gedacht, dass Daniel über Nova Bescheid wüsste. Aber woher eigentlich? Nova hatte ja kein Schild umhängen, auf dem stand: »Vorsicht – krank«.

»Du weißt es gar nicht? Ich meine, die Sache mit Novas Krankheit?«

Daniel schüttelte den Kopf.

»Längere Geschichte. Und irgendwie nicht der richtige Ort dafür. Hast du was vor oder sollen wir vielleicht woanders hingehen?«

Daniel nickte, während Jessi im Hintergrund immer noch Frederik sah, der zwar seine Pose ein wenig verändert hatte, aber nach wie vor dastand und die Augen nicht von ihnen abwandte. Ein Ortswechsel würde sie endlich von dessen Blicken erlösen. Außerdem wollte sie noch einmal darüber nachdenken, was sie Daniel erzählen konnte, und wie. Nova ging zwar völlig natürlich mit ihrem Gesundheitszustand um, weil sie nicht Sklavin ihrer Krankheit werden wollte. Aber sie ging auch nicht mit der Geschichte hausieren.

Gedankenverloren zählte sie die Tablettenbriefchen, die in ihrem Schoß lagen. Sechs. Wie immer. Alles war da, was Nova normalerweise bei sich trug. Rasch schob sie die Dinge wieder in das Täschchen und kam sich seltsam vor, wie sie in den privaten Dingen ihrer Freundin herumwühlte. Auch wenn sie einen guten Grund hatte, erschien es ihr irgendwie nicht richtig. Schon gar nicht hier, vor Daniel.

»Halt, warte. Ist denn im Portemonnaie noch alles drin?«

Jessi sah Daniel irritiert an, öffnete dann aber doch das Geldfach – und sah sofort, dass keine Scheine da waren. Überrascht hielt sie Daniel die Börse entgegen.

»Normalerweise hat sie da immer mindestens hundert Euro drin.«

»So viel?«

»Ja. Für ein Taxi. Falls es ihr schlecht geht.«

»Könnte sie nicht einfach weniger ...«

»Nein«, unterbrach sie ihn barsch. Warum dachte dieser Daniel eigentlich immer, er würde Nova besser kennen? »Könnte sie nicht. Und es gibt ja wohl keinen Zweifel daran, dass sie an diesem Abend keins genommen hat.«

11

Jessi rannte so schnell sie konnte die Treppe der Bahnstation an der Hauptwache hinauf. Daniel hatte sich mit ihr zum Geschäftsschluss vor dem Kaufhof verabredet, um von dort aus irgendwo anders hinzugehen. Sie würde ihn sicher finden, hatte er gesagt.

Aber dem war nicht so. Hektisch sah sie sich um, konnte ihn jedoch nirgends entdecken. Typisch. Die Neuigkeiten brannten ihr unter den Nägeln und der Kerl verspätete sich. Sie stellte sich auf die Zehenspitzen. Warum war sie nur so klein? Viele Passanten liefen die Zeil entlang und gegenüber stand eine große Traube von Menschen, die einem Musiker lauschten. Der Song klang gut: nur Akustik-Gitarre und dazu eine angenehme, soulige Stimme. Sie schlenderte etwas näher – schließlich konnte sie auch dort auf Daniel warten und das Geschäft im Auge behalten.

Neugierig näherte sie sich dem David-und-Goliath-Brunnen, vor dem sich der Gitarrenspieler postiert hatte. Der Typ sang klasse und seine Stimme beruhigte sie etwas. Jessi wippte im Takt, ließ aber den Eingangsbereich des Kaufhauses nicht aus den Augen. Sie hielt ihre Tasche fest – immer wieder hatte sie unterwegs Angst gehabt, sie könnte Novas Handy verlieren.

Das Lied war zu Ende. Die Menschentraube applaudierte und löste sich langsam auf. Nun konnte auch sie einen Blick auf den Sänger werfen und zwinkerte ungläubig: Das karierte Hemd kannte sie. Das war Daniel!

Das also hatte er damit gemeint, dass sie sich nicht verfehlen könnten. Sie ging in seine Richtung und für einen Moment hatte sie das Handy in ihrer Tasche vergessen.

»Hey, du spielst echt toll! Warum hast du mir nicht gesagt, dass du hier auftreten willst? Dann wäre ich früher gekommen.«

Er legte einen Stapel CDs neben den Gitarrenkasten und schob das Geld zusammen, das darin lag.

»Ich wusste ja nicht, welche Musik du magst.« Er grinste. »Ehrlich gesagt hab ich gedacht, du stehst eher auf schräge Sachen.«

»Na hör mal, wieso denn? Übelste Verleumdung!« Jessi lachte eine Spur zu laut.

Sie konnte ihm diesen Gedanken nicht einmal

vorwerfen, denn schon öfter war sie wegen der Auswahl ihrer Klamotten auf den Arm genommen worden. Dabei hatte sie einfach festgestellt, dass man besser ausgefallene Kombinationen wählte, wenn man sich hauptsächlich secondhand kleidete. Dann wirkten die Sachen nämlich nicht ärmlich, sondern höchstens verrückt.

»Ich mag so ziemlich alle Arten von Musik«, verteidigte sie sich. *Und deine war echt berührend,* fügte sie in Gedanken hinzu.

Verlegen beobachtete sie Daniel, während er seine Gitarre in den Koffer packte, mit ein paar raschen Griffen den Campinghocker zusammenklappte und ebenso wie die CDs in seinem Rucksack verstaute.

Dieser Typ besaß mehr Facetten, als sie vermutet hatte. Vielleicht hatte sie ihn zu schnell in die Schublade »strebsamer Sohn aus gutem Hause« gesteckt.

Mit einem Mal ärgerte sie sich über das Misstrauen, das vor ein paar Stunden in ihr aufgeflammt war. Er gehörte zu den Guten, das hatte sie vom ersten Moment an gefühlt. Zwar verbarg er irgendetwas, aber den Bösen musste sie definitiv woanders suchen.

Sie stieß hörbar Luft aus und merkte, wie die Anspannung, die sie seit einer knappen Stunde gefühlt hatte, sie innerlich verkrampfte.

»So. Fertig. Wohin?«

»Sag du. Nur irgendwohin, wo uns möglichst keiner hört.«

Er zog fragend die Augenbrauen zusammen.

»Ich hab was gefunden. Zumindest weiß ich jetzt etwas mehr über den Abend.«

»Lass mich mal überlegen.« Daniel sah sich um.

Jessi hatte gar nicht darüber nachgedacht, wohin sie gehen könnten. Als sie sich verabredet hatten, wusste sie ja noch nicht, was sie finden würde. Und jetzt, wo er neben ihr stand, so groß und cool mit seiner Gitarre über der Schulter, fühlte sie sich plötzlich seltsam. Er gefiel ihr. Sie verdrängte den Gedanken.

»Setzen wir uns doch einfach bei McDo hin. Da hört uns sicher keiner zu«, schlug er schließlich vor.

Sie überquerten die Straße, liefen ein paar Schritte weiter hinein in das Lokal, das leider völlig überfüllt war. Daniel schlug ein anderes in der B-Ebene vor, in dem man Hühnchen essen konnte. Kurz entschlossen gingen sie die Treppen hinunter und fanden das dortige Restaurant tatsächlich fast leer vor. Jessi wählte einen freien Tisch in der hintersten Ecke und steuerte darauf zu, denn dort waren sie völlig ungestört.

Sie bat Daniel, ihr eine Zitronenlimo mitzubringen.

Nach wenigen Minuten kam er mit einem üppig bestückten Tablett zurück an den Tisch und setzte sich ihr gegenüber hin.

»Auch was?«, fragte er.

Eigentlich aß sie von Zeit zu Zeit gerne Fastfood. Aber die Gerüchte über die hygienischen Zustände hier drin wirkten nicht unbedingt förderlich auf ihren Appetit.

»Nein, danke. Angeblich soll es hier Kakerlaken geben.«

Daniel lachte lauthals und biss genüsslich in ein Hähnchenteil.

»Bei den Temperaturen in der Fritteuse ist das nicht schlimm. Die verbrutzeln im Nullkommanix. Und schaden würde es dir sicher nicht, bei deiner Figur.«

Jessi spürte, wie sie vom Hals aufwärts langsam errötete. Rasch wickelte sie sich ihren pinken Schal ein weiteres Mal um und begann dann, resolut in ihrer Tasche zu wühlen.

»Ich hab mir daheim noch einmal Novas Handy angeschaut.« Sie zögerte und merkte jetzt, wie ihre Wangen heiß wurden. »Ich mache so was normalerweise nicht. Aber wir hatten doch gar keinen Anhaltspunkt, wo wir suchen können.«

Sie hoffte auf eine zustimmende Geste von Daniel, der jedoch keine Miene verzog.

»Jedenfalls habe ich dort ein Video gefunden. Ich hab das ehrlich gesagt sogar vermutet, denn es war ein absoluter Tick von Nova, immer Videos zu drehen. Die meisten waren streng geheim. Aber Events und besondere Gelegenheiten hat sie gerne gefilmt.«

Daniel wischte seine Hände an einer Serviette ab und schaute sie aufmerksam an.

Jessi lehnte sich über den Tisch, damit tatsächlich keiner der anderen Gäste etwas hörte, und dämpfte ihre Stimme. »Das Video muss von der Party sein, da tanzen im Hintergrund Leute. Nova hat es nicht selbst gedreht.« Sie atmete einmal tief durch. »Derjenige, der das Handy hält, sagt: ›Niemals. Das traust du dich nicht!‹ Dann öffnet Nova ihre Jacke. Darunter hat sie nur einen BH an. Und dann zieht sie wirklich blank. Du hörst die Musik. Das muss da mittendrin gewesen sein. Vor wildfremden Leuten!«

Vorsichtig legte Jessi das Handy auf den Tisch und schob es zu Daniel rüber.

»Ach du Scheiße.« Mehr sagte er nicht. Vielmehr lehnte er sich zurück und kratzte sich am Kopf. »Ich verstehe nur eins nicht. Du hast gesagt, dass sie öfter Filme dreht. Zieht sie dabei immer so eine Show ab?«

Jessi schüttelte eifrig den Kopf. »Nein, nein, das hast du falsch verstanden. Das meinte ich nicht. Sie dreht Videos von sich selbst. Wie ein Blog-Tagebuch, verstehst du? Sie erzählt vor der Kamera Sachen, die ihr wichtig sind. Damit ...« Jessi schluckte. »Sie möchte, dass etwas von ihr für die Ewigkeit bleibt, wenn sie nicht mehr lebt.«

Daniel runzelte die Stirn. »Ich komme da gerade nicht so richtig mit. Was willst du damit sagen? Wollte sie sich umbringen?«

Jessi schüttelte den Kopf. »Nova ist krank. Sie hat einen angeborenen Herzfehler.« Jessi machte eine Pause, um einen Schluck zu trinken.

Daniel nickte. »Deshalb diese Narbe.« Er nahm sich wieder etwas zu essen, schaute nachdenklich ins Leere und Jessi spürte, dass sich in seinem Kopf ein Bild zusammenfügte.

»Aber ... dann kann sie doch einfach wegen ihrer Krankheit ins Koma gefallen sein, oder?«

»Eben nicht! Sie kannte die Anzeichen, wenn es ihr schlechter ging. Ich war zweimal dabei, als ihr Herz Probleme machte. Sie ruft dann sofort mit ihrem Handy in der Klinik an, die im gleichen Moment den Notarzt losschicken. Die Nummer hatte sie als Kurzwahl gespeichert, für den Fall, dass es ihr mal richtig übel geht und sie kurz davor steht, bewusstlos zu werden. Die Klinik könnte sie dann notfalls orten.«

Daniel schaute sie unverwandt an.

Jessi fuhr fort: »Nova war deshalb beinahe verwachsen mit ihrem Handy. Sie hätte das niemals irgendwo deponiert und wäre einfach weggegangen. Sie nahm es überallhin mit. Kurz bevor wir uns kennengelernt haben, ist es ihr wohl passiert, dass sie bei einer Freundin umgekippt ist. So eine kurzfristige Bewusstlosigkeit kann bei ihrer Krankheit vorkommen. Es waren nur ein paar Minuten, aber ihre damalige beste Freundin war völlig aufgelöst. Der Schreck saß so tief, dass die danach gar nicht mehr normal mit Nova umgehen konnte. Sie waren immer zusammen Inlines gefahren.« Jessi leckte sich einmal kurz die Lippen. »Nova wollte einfach nicht noch mal jemanden in eine solche Situation bringen. Ihr Leben ist ohnehin schon schwierig genug wegen der Krankheit und der vielen Medikamente, die sie ständig einnehmen muss. Da wollte sie nicht obendrein andere damit belasten.«

Nachdenklich fuhr Daniel mit dem Finger den Rand des Tabletts nach.

»Eigentlich hatten die Ärzte vorausgesagt, sie hätte nicht lange zu leben. Zehn, zwölf Jahre wird sie höchstens, hatten sie den Eltern gesagt. Jetzt ist sie schon 16, wird bald 17. Weißt du, Nova ist vielleicht ein bisschen impulsiv und verrückt. Sie hält sich manchmal nicht an die Regeln. Sie will einfach das Leben mit jeder Pore genießen. Deshalb macht sie auch solche Sachen.« Jessi deutete auf das Handy. »Aber sie war nicht blöd. Sie hätte sich nicht selbst in Gefahr gebracht. Jedenfalls nie freiwillig.«

Videoblog vom 5. April 2013

(Nova sitzt auf ihrem Bett, die Kamera liegt etwas entfernt)

Früher habe ich immer den Mund gehalten. Aber darauf habe ich jetzt einfach keinen Bock mehr. Echt nicht mehr. Den Ärzten zufolge bin ich eh längst tot.
Und wisst ihr was? Nichts ist! Ich lebe, ich atme, ich bin da und wenn es nach mir geht, wird das auch noch eine ganze Weile so bleiben.

(Sie holt die Kamera, führt sie nahe an ihr Gesicht)

Nur eins macht mich verrückt: Irgendwie scheint niemand zu begreifen, was das heißt. Immer wenn ich von meiner Krankheit erzähle oder an miesen Tagen einfach die Wahrheit sage, warum ich schlecht aussehe, dann rücken sie ab. Im wahrsten Sinne des Wortes. Sie gehen ein Stück zurück. Fragen stellen sie nicht. Sie sagen höchstens »Krass!« oder so.

Und ich Idiot bekomme auch noch Mitleid mit denen. »Hey«, will ich dann sagen. »Es ist doch nur so, dass sich meine Optionen geändert haben. Mehr nicht. Ich plane halt nicht mehr so viel. Das Leben ist okay so – es ist halt anders. Hier. Man kann mich anfassen. Ich bin warm, nicht kalt!«

Aber meistens halte ich den Mund. Hat doch eh keinen Sinn.
Selbst meine sogenannten Freunde aus der Schule haben dermaßen Panik vor meiner Krankheit, dass sie mich lieber sofort aus ihrem Leben streichen würden. Und dann unbeirrt ihres weiterleben, so als hätte ich nie darin existiert.
Dann sollen sie doch verschwinden! Ich pfeife auf die!

Stattdessen beteuern sie, sie hätten einfach nur keine Zeit, ich sei ihnen nicht egal, wie ich darauf käme, blablabla. Blödes Gerede! Schiss haben sie. Alle zusammen. Für die ist der Tod ein ekliges Bakterium, das auf jeden überspringen kann, wenn man keinen Abstand hält. Das ist der Grund! Nur deshalb hauen sie ab, diese elenden Feiglinge! Meide die Kranken, dann wirst du ewiges Leben erlangen. AMEN!

(Sie legt die Kamera wieder weg, schaut in die Ferne)

Aber es ist nicht schön, so alleine. Gar nicht. Trotzdem habe ich lieber gar keine als falsche Freunde. Bis auf Jessi. Auf die kann ich zählen. Jessi ist cool.
Aber einen Freund hätte ich gerne. Bloß das ...

(Pause. Sie wischt sich eine Träne weg. Dann hebt sie den Kopf wieder)

Meine Eltern denken, ich würde mit einem von diesen Typen zusammenbleiben wollen, mit denen ich abziehe. So ein Quatsch, ich sag's euch.

Ich will mich einfach manchmal schön fühlen, begehrt. Mehr nicht. Ein kleines bisschen Zärtlichkeit, eine kurze Zeit zum Vergessen. Die Typen stört meine Narbe nicht weiter. Die fragen, ob das wehtut, und wenn ich Nein sage, ist alles okay.

Dann machen sie einfach weiter, stellen keine Fragen und wir haben Sex. Manchmal ist es ja auch gar nicht so schlecht.

FUCK. Ich wünschte, es gäbe jemanden, mit dem ich reden könnte. Wirklich reden.

(Clipende)

12

Er lag auf seinem Bett, starrte ins Leere und schnipste Papierkugeln in den Eimer, der neben seinem Schreibtisch stand. Fast keine Kugel traf, aber er merkte es kaum. Die letzten Tage hatte er blaugemacht. Was ihm nicht schwergefallen war, denn es ging ihm wirklich schlecht. Immer wieder musste er sich übergeben, kurz nachdem er etwas gegessen hatte. Es war, als gäbe es in ihm einen Mechanismus, der alles, was er mühsam in sich hineinzwängte, gleich wieder herauskatapultierte.

Wieder und wieder putzte er sich die Zähne. Wusch sich den Mund mit heißem Wasser aus. Es war wie ein Zwang. Doch auch jetzt, drei Tage später, schmeckte er immer noch ein fremdes, süßliches Aroma. Rasch schob er ein Kaugummi in den Mund. Sicher das hundertste seit der Party.

Seine Mutter machte sich keine Sorgen. Sie

hielt es für einen Virus und hatte ihn hermetisch abgeriegelt, damit sich kein anderes Familienmitglied anstecke. Die Minuten schienen ihm wie Stunden, quälend langsam verstrich die Zeit.

Er versuchte, den Abend und seine Folgen zu ignorieren. Sicher kursierten schon Bilder von der Party. Vor lauter Angst, irgendetwas zu finden, was ihn entlarvte, hatte er es nicht gewagt, seinen Computer einzuschalten.

Seinen Kopf hingegen konnte er nicht runterbooten. Immer wieder liefen in Slow Motion diese Szenen vor seinem inneren Auge ab. Nova, wie sie auf der Party verführerisch ihre Haare nach vorne schüttelte und mit schüchternem Blick unter ihrem Pony hervorschaute, wie sie den Knopf ihrer Militaryjacke öffnete. Und dann ihre Mähne genau in dem Moment zurückwarf, in dem sie ihren seidig schimmernden schwarzen BH präsentierte, dann beide Körbchen nach außen zog, um ihnen auch den Rest zu zeigen.

Einen nach dem anderen hatte sie sie angesehen, so als wollte sie sicher sein, dass jeder von ihnen wirklich hinschaute. Verdammt, hätte er doch seine Finger bei sich gelassen!

Magnus hatte feixend ein Handy draufgehalten und sie angespornt, weiterzumachen. Nova zog nur eine Augenbraue hoch, schloss die Jacke wieder, nahm Magnus ihre Tasche ab und ging dann zur Toilette. Und sie, sie hatten die Köpfe zusammengesteckt und darüber Witze gerissen, wie der Abend weitergehen würde. »Eine geile Party wird das!« Darin waren sie sich einig gewesen.

Tobi hatte keine Ahnung, was Magnus mit dem Handy gemacht hatte, ob er nur Novas Busen fotografiert oder auch ihn und seine Kumpels mit drauf hatte, wie sie da standen und das Mädchen anstierten. Nicht zu wissen, wer was mitbekommen hatte, machte ihn zunehmend nervös.

So oder so: Er war am Arsch.

Magnus hatte etwas gegen ihn in der Hand. Und es war schon immer schlecht gewesen, es sich mit Magnus Hartmann zu verscherzen.

Er hielt es nicht mehr in seinem Zimmer aus, nahm seine Jacke vom Haken und verließ die Wohnung. Seine Eltern waren im Kino, niemand würde ihn vermissen. Er lief die Ronneburgstraße entlang. Immer noch ging ihm die Sache mit Sebastian durch den Kopf. Da war noch etwas mit Nova gelaufen, während er auf der Party Hilfe suchte. Ganz sicher. Konnte er vielleicht alles auf Sebastian abwälzen? Ihn zum Sündenbock machen? Eine winzige Chance, aber er musste sie nutzen.

Es wurde Zeit, etwas zu unternehmen. Hastig schrieb er eine WhatsApp-Nachricht an Felix, bat ihn, sich so bald wie möglich zu melden. Er brauchte einen Verbündeten.

13

Daniel hatte die Gitarre und den Rucksack geschultert. Sie schlugen den Weg zum Main-Ufer ein, in Richtung Osthafen. Jessi lief neben Daniel, der sie um eine ganze Kopflänge überragte. Er war völlig in Gedanken versunken. Dennoch war ihr die Stille nicht unangenehm. Sie merkte, dass er Zeit brauchte, um die Dinge zu verdauen, die er gerade erfahren hatte.

Er hatte eigentlich ganz schön cool reagiert und sich das Video mehrmals angeschaut. Dabei schien er gar nicht auf Nova zu achten. Jessi hatte eher das Gefühl, dass er sich ganz genau ansah, was nebenher auf der Party geschehen war. Vielleicht hoffte er, sich an irgendetwas zu erinnern. Deshalb hatte sie ihm gerne alle Zeit gelassen, die er brauchte.

Das Laufen und die kühle Luft taten Jessi gut und sie hatte erstmals das Gefühl, die Spannung, die sie seit dem Telefonat mit Novas Eltern erfüllt hatte, würde ein wenig nachlassen. Sie betrachtete Daniels Füße, die im gleichen Rhythmus wie ihre liefen. Immerhin hatte sie einen Verbündeten, jemanden, den genau wie sie brennend interessierte, wie es dazu gekommen war, dass Nova bewusstlos im Krankenhaus lag. Und wenn das Warum geklärt wäre, gäbe es vielleicht eine Möglichkeit, Nova aus dieser Schockstarre herauszuholen.

»Du hast gesagt, sie würde sich nicht absichtlich in Gefahr bringen. Glaubst du wirklich, sie wäre dann mit vier Jungs alleine nach draußen gegangen? So angeheizt wie die waren, haben die ihren herausfordernden Blick bestimmt als Versprechen interpretiert. Ich kann mir nicht vorstellen, dass die draußen nur mit ihr plaudern wollten.«

Jessi seufzte. Genau diese Frage hatte sie erwartet. »Na ja, sie hätte ihr Leben sicher nicht in Gefahr gebracht. Aber Sex ...«

Sie steuerte auf eine Bank zu und setzte sich. Jessi brauchte einen Moment, um die richtigen Worte zu finden.

»Wir haben uns oft darüber gestritten, wie sie mit Jungs umging. Sie nahm das alles sehr leicht. Sex war für sie eben Sex. Mit Liebe hatte das bei ihr nicht unbedingt etwas zu tun.« Sie betrachtete das braune Wasser des Mains. »Bei mir gehört beides zusammen. Ich möchte eben auf den Richtigen warten.«

Jessi spürte, wie ihr schon wieder die Röte ins Gesicht stieg und war froh, dass es bereits dämmerte.

Daniel setzte sich im Schneidersitz auf die Bank und lehnte sich Jessi zugewandt an die schmiedeeisernen Seitenteile.

»Ich glaube, Nova denkt schon wegen ihrer Krankheit anders darüber. Sie weiß ja nicht einmal, ob sie morgen noch lebt. Da sieht man die Dinge anders, sagt sie immer. Zeit, Zukunft, das sind für Nova andere Dimensionen. Deshalb ist sie immer spontan, tut das, wonach ihr gerade ist. Und manchmal eben auch Dinge, die falsch sind.«

Daniel nickte.

»Außerdem«, fügte Jessi hinzu, »haben ihre Eltern sicher auch eine Menge damit zu tun. Manchmal hab ich das Gefühl, dass sie vieles einfach nur macht, um sie zu schocken.«

»Zum Beispiel?«

Jessi zögerte. Nova war nicht dabei, konnte sich nicht verteidigen und plötzlich hatte Jessi das Gefühl, sie in einem zu schlechten Licht darzustellen. Leichtlebig, feindselig – so musste sie Daniel erscheinen. Dabei war Nova einfach etwas ganz Besonderes. »Sie hat sich ein Tattoo stechen lassen. Ohne die Erlaubnis ihrer Eltern.«

»Von dem weiß ich schon. Ihre Mutter hat im Krankenhaus fast der Schlag getroffen, als sie es gesehen hat. Ich dachte zuerst, sie hätte sich so aufgeregt, weil Nova sich diesen Spruch eintätowieren lassen hat. Aber sicher wusste ihre Mutter, wie gefährlich das für Nova war.«

Unwirsch schüttelte Jessi den Kopf. »Was soll ein Tattoo denn bitte für eine Gefahr sein?«

Daniel hob die Hand. »Das ist eine Gefahr. Wenn Nova einen Herzfehler hat, nimmt sie bestimmt blutverdünnende Mittel ein. Eine Tätowierung kann sie also im schlimmsten Fall umbringen, weil die Blutung nicht zu stoppen ist. Von dem Infektionsrisiko mal abgesehen.«

Jessi schob ihre Unterlippe vor und zog ihre Knie an sich heran. »Jetzt klingst du genau wie ihre Mutter! Du glaubst natürlich, dass sie das nicht wusste. Hat sie aber. Und sie hat mit ihrem Tätowierer darüber gesprochen.«

Sie hob das Kinn und sah Daniel fest in die Augen.

»Natürlich war die Erlaubnis ihrer Eltern ein Fake. Die hätten sie ihr ja nie und nimmer gegeben. Sie hat einen anderen Namen verwendet, was natürlich keinen interessierte, und einfach die Wahrheit geschrieben: dass es der größte Wunsch ihrer Tochter sei, diesen Spruch auf ihrer Haut zu tragen, und ob er so nett wäre, ihr diesen Wunsch zu erfüllen.«

Daniel schaute in Richtung des eisernen Stegs. An seinem Gesicht konnte Jessi nicht ablesen, was er gerade dachte, deshalb fügte sie rasch hinzu: »Ich kann mir vorstellen, was du denkst. Für jeden anderen stimmt das sicher auch. Aber Nova kann nicht einfach warten, bis sie volljährig ist. Außerdem war ich dabei, um im Zweifel bezeugen zu können, dass sie das Risiko völlig bewusst eingegangen ist.«

»Schon gut.« Daniel legte ihr kurz die Hand auf das Knie. »Ich verstehe nur auch ihre Eltern. Für die ist der Gedanke, sie zu verlieren, sicher genauso schwer.«

Jessi verdrehte die Augen.

»Du musst Nova nicht ständig verteidigen, hörst du? Ich hab kapiert, dass sie dir wichtig ist. Trotzdem: Du weißt genauso wenig wie ich, was wirklich an dem Abend passiert ist.«

»Aber wir vermuten doch beide, DASS etwas passiert ist. Und es macht mich wahnsinnig, nicht zu wissen, was. Gleichzeitig weiß ich einfach nicht, was ich tun soll. Niemand scheint etwas zu wissen. Alle machen nur zu. Selbst auf Facebook ist kein Posting auf Novas Seite. Wieso redet denn keiner darüber?«

»Na ja, so ungewöhnlich ist das auch nicht. Tun wir doch mal so, als hätten die wirklich etwas mit ihr abgezogen. Würden die echt so cool sein und danach jemanden zu Hilfe rufen?«

»Was weiß denn ich!« Sie schlug die Handflächen auf ihre Knie. »Du hast sie doch gesehen. Wie waren die Jungs denn?«

Daniel ließ sich Zeit mit einer Antwort.

»Dieser Tobi, der war so nervös, der schaffte es nicht einmal, eine Nummer in sein Handy einzugeben. Aber der andere, der, der bei Nova geblieben war, der hatte gar kein Hemd an und lag mit nacktem Oberkörper neben ihr, als wir kamen.«

Jessi sprang auf. »Bitte was? Warum erzählst du das denn erst jetzt? Wir müssen den sofort finden! Wer weiß, was der da gemacht hat.«

»Moment! Langsam, Jessi.«

Wieder redete er so erwachsen daher, als wäre sie ein Pferd, das man beruhigen musste. Jessi verschränkte ärgerlich die Arme vor ihrem Körper.

»Ich weiß es doch auch nicht. Die beiden haben sich wirklich komisch verhalten. Aber es wirkte irgendwie nicht ...« Er schien nach Worten zu suchen. »Es war keine Gewalt im Spiel, da bin ich sicher. Da schwang nichts in der Luft. Der Boden war nicht aufgewühlt, Novas Klamotten waren nicht dreckig und nichts war zerrissen oder so. Auch nicht bei den Typen. Ich meine, man muss doch was sehen, oder? Verletzungen, Blut, irgendwas. Sie hatte eine Abschürfung am Knie, das war alles. Irgendwie wirkte alles friedlich. Ach, verdammt, ich hab doch auch keine Ahnung.«

»Ihr Fingernagel war abgebrochen.« Jessi schaute ihn triumphierend an. »Vielleicht wirkte es dort einfach nicht so, weil es ganz woanders passiert ist. Da, wo Kim war. Oben. Vielleicht haben sie es drinnen gemacht, sie wieder angezogen und anschließend rausgetragen.«

»Oder sie haben sie tatsächlich nur gefunden. So wie sie es erzählt haben. Ganz ehrlich, ich wäre auch nervös und aufgewühlt, wenn jemand plötzlich leblos vor mir liegt. Das passiert ja nicht jeden Tag, oder? Ich meine ... nach dem Video könnte es doch jeder auf der Party gewesen sein. Wir wissen weder, wer das Video eigentlich gedreht hat, noch warum derjenige es mit ihrem Handy gemacht hat. Vielleicht sollte das nur eine Erinnerung an einen verrückten Auftritt sein.« Er strich sich das Haar zurück.

Jessi schaute Daniel bei diesen Worten ärgerlich an. Wieso tat er eigentlich so, als wäre Nova schuld an dem, was passiert war? Herausfordernd fragte sie ihn: »Warum hast du eigentlich nichts davon mitbekommen? Du warst doch auch da.«

Daniel kratzte sich im Nacken. »Keine Ahnung. Nachdem mir Felix abgesagt hatte – blöderweise erst auf der Party – da wollte ich wenigstens was essen und trinken. Geld habe ich nämlich nur für eine Stunde bekommen. Aufwandsentschädigung.«

»Also warst du den ganzen Abend am Buffet?«

Jessi schaute ihn prüfend an. Auf dieser Party schien eine Menge abgegangen zu sein. Und nur Daniel wollte davon nichts mitbekommen haben? Statt zu antworten, nahm er seinen Rucksack.

»Und was soll das jetzt? Hey, ich rede mit dir!«

»Jessi, meinst du eigentlich, ich merke nicht, warum du diese Fragen stellst? Ehrlich, ich habe echt keinen Bock, mich von dir verdächtigen zu lassen. Ich wollte nur helfen, das ist alles. Und das will ich im Grunde immer noch.« Daniel hielt einen Moment inne. Dann fuhr er fort: »Also schlage ich vor, dass ich einfach im Krankenhaus versuche, etwas herauszufinden. Vielleicht verraten uns die Untersuchungsergebnisse, ob sie ...« Er rang mit den Worten. »Vielleicht wissen wir dann, ob sie vergewaltigt wurde.«

Sein letzter Satz schien still in der Luft zu hängen. Natürlich hatte Jessi vom ersten Moment an geglaubt, dass genau das passiert war. Aber nun, da Daniel es ausgesprochen hatte, entfaltete das Wort eine andere, furchterregende Dimension. In diesem Moment kam sie sich total dumm vor.

Kein Wunder, dass er sie wie ein Kind behandelte. Manchmal verhielt sie sich wirklich wie eins.

»Entschuldige, ich ...«

Daniel schulterte seine Sachen und wandte sich in Richtung Innenstadt. Sie hielt ihn am Ärmel fest. »Manchmal sollte ich wohl besser meine

Klappe halten. Tut mir leid, aber ich weiß einfach nicht mehr, was ich glauben soll. Oder wem.«

»Schon gut. Lass uns jetzt gehen. Ich versuche, im Krankenhaus an die Unterlagen zu kommen, oder ich frage die Schwestern.«

Jessi nickte erleichtert und beeilte sich, um mit ihm Schritt zu halten.

Videoblog vom 22. Mai 2013

(Nova im Pyjama am Schreibtisch)

Das muss man sich mal vorstellen: Wegen dieser bescheuerten Medikamente konnte ich wieder mal tagelang nicht aufs Klo. Dann müssen die mir im Krankenhaus einen Einlauf machen. Tolle Sache. Jemand spritzt dir was in den Hintern. Ätzend. Danach kriegst du Krämpfe und dann kannst du nur noch rennen. Es läuft so lange aus dir raus, bis du schwitzend und völlig kraftlos und total leer und fertig in der Ecke hängst. Dabei muss die ganze Zeit die Tür einen Spalt breit offen bleiben. Du könntest ja gerade in diesem Moment umkippen.

Ich schäme mich dann so. Die Toilette stinkt und ich kann nicht mal die Tür zumachen. Geht's noch? Nicht mal das bleibt mir da erspart. Das ist wie im Zoo, nur sperrt man eben die Kranken ein und beobachtet sie.

(Nova legt die Finger wie eine Brille um die Augen und zieht eine Grimasse)

Und egal, was ich mache, egal, wie ich mich ernähre, ob ich mich regelmäßig bewege. Immer wieder passiert mir das. Ich habe keine Wahl. Ich kann die Medikamente nicht absetzen. Verstopfen oder abkratzen. Toll, oder? Geile Alternativen. Egal, was ich tue, irgendwann liege ich wieder im Krankenhaus.

Ich hasse diesen Ort. Nur ich und diese weißen Wände. Da habe ich nichts zu tun und fühle mich noch kranker als daheim. Erst recht, wenn ich mitkriege, wie alle Besuch bekommen. Nur zu mir kommt keiner.

Und jetzt verrate ich euch das Beste: Kinder kann ich kriegen, sagt der Frauenarzt. Ironie des Schicksals. Meine Verdauung funktioniert nicht, aber schwanger werden schon! Hallo? Wo ist denn da bitte die Logik? Ich könnte zwar von den Anstrengungen einer Schwangerschaft hopsgehen oder bei der Geburt, aber – hey, ist doch egal.

(Sie rückt ganz nahe an die Kamera und flüstert)

Die einzige Sorge meiner lieben Eltern ist jetzt, dass ich ihnen noch ein Enkelkind andrehen könnte.

Pssst, ich sag euch noch was: Die sind voll überzeugt, dass ich meine miesen Gene vererbe. Dann hätten sie wieder so eine wie mich auf dem Buckel. Deshalb sind sie gegen jeden Typen, der mich auch nur anschaut. Sie tun immer so, als wären sie übelst besorgt, mit ihrem Gerede über den einen, der mich richtig liebt und diesen ganzen Quatsch. Aber ich bin nicht blöd. Ich durchschaue das!

Je mehr sie reden, umso mehr habe ich Lust, jeden Tag einen anderen Typen abzuschlep-

pen. Deshalb trage ich jetzt Klamotten wie Kristen Stewart. Sexy Blazer mit durchsichtigen Netzshirts. Oder nur mit 'nem BH drunter. Knappe Shorts, die den Arsch betonen. Das reizt die Kerle. Mein Vater findet das nuttig.
»Na und!«, sage ich dann.

Dafür schauen sie mir hinterher! Mich wollen die Kerle! Wenigstens das. Was meine Erzeuger darüber denken, ist mir so was von egal. Da pfeif ich drauf!

(Clipende)

Daniel lehnte den Kopf ans Fenster und betrachtete die vorbeiziehenden Häuser. Jessi wollte unbedingt zu Novas Eltern, um dort ihre Kopfhörer und anderes Zeug zu holen. Sie meinte, die Umgebung im Krankenhaus sei so fürchterlich, da könne Nova überhaupt nicht gesund werden.

Eigentlich hatte er sich ausruhen wollen, das Training am Morgen war hart gewesen, aber Jessi tat ihm leid und so hatte er sich überreden lassen. Er konnte gut verstehen, dass sie nicht alleine zu Novas Eltern wollte.

An der Haltestelle Lerchesberg stieg er aus. Jessi stand schon dort, mit einer weißen Hose, auf die schwarze Streifen gebatikt waren, einem schwarzen Shirt, durch das ein pinkfarbener BH leuchtete, ihre Lederjacke hatte sie lässig über die Schulter geworfen. Nicht unbedingt der beste

Look, um am Sonntag bei Novas Eltern vorbeizuschauen, dachte Daniel. Aber Jessi würde sicher um nichts in der Welt ihren eigenwilligen Stil ändern, was ihm dieses kleine Energiebündel ungemein sympathisch machte.

Sie lächelte nervös, als er aus dem Bus stieg. Danach war sie bemerkenswert still. Sie hatten in den letzten Tagen öfters kurze Wegstrecken gemeinsam und schweigend zurückgelegt, aber heute war die Stille anders. Jessi wirkte bedrückt.

Zügig liefen sie die Straße entlang. Hier sah es völlig anders aus als sonst in Frankfurt. Viele frei stehende Häuser mit großen Grundstücken. Er war nicht oft in diesem Viertel, wunderte sich aber gar nicht, dass Novas Eltern es sich ausgesucht hatten. Alles wirkte teuer, viele Fenster waren zur Straßenseite hin vergittert. Hier war die Schickeria unter sich. Kein Wunder, dass Jessi nervös war.

»Wissen die eigentlich, dass du kommst?«, fragte er so beiläufig wie möglich.

»Nein. Sonst hätten sie sicher schon alles verriegelt und verrammelt.«

Daniel musste lachen und auch Jessi huschte ein flüchtiges Lächeln über das Gesicht.

»Sie mögen mich nicht besonders, weißt du? Sie meinen, ich hätte einen schlechten Einfluss auf Nova. Ich komme halt nicht aus dem – wie würden sie sagen? – passenden Milieu.«

Er knuffte sie in die Seite. »So schlimm kann es doch nicht sein. Immerhin haben sie dir Bescheid gegeben, dass es Nova nicht gut geht.«

»Hah! Das glaubst auch nur du! Ich habe mir voll die Sorgen gemacht, weil sie nicht an ihr Handy ging. Das passiert sonst nie! Dann habe ich ihre Banknachbarin von der Schule angerufen. Von der hatte ich schon öfter mal was abgeholt, wenn Nova sich schlecht fühlte. Die meinte, sie sei nicht in der Schule gewesen.« Jessi pustete sich einige Ponyfransen aus dem Gesicht. »Ich hatte gleich solche Angst, dass ihr etwas passiert ist. Danach habe ich immer wieder bei ihren Eltern angerufen, bis jemand abnahm und mir gesagt hat, wo ich sie finde.« Ihre Stimme wurde plötzlich leiser. »Wir sind übrigens da. Da vorne ist es.«

Daniel konnte einen Pfiff nicht unterdrücken. Novas Eltern wohnten in einer Villa, deren Fassade und Dach komplett in hellem Grau und Weiß gehalten war.

Der Vorgarten war von einer kniehohen, kantig geschnittenen Buchsbaumhecke umsäumt. Zu beiden Seiten der Eingangstür standen zwei große Bäume, deren Krone ebenfalls exakt gleich beschnitten war.

Der Eingangsbereich selbst hatte einen dreieckigen Giebel, der sich im darüberliegenden Dach wiederholte. Nur dort gab es im ersten

Stock zwei dreieckige Fenster nach vorne raus, im Erdgeschoss waren es mehr Fenster, die auch hier mit weißen Gittern gesichert waren.

Daniel mochte eigentlich keine modernen Häuser, dieses hier gefiel ihm allerdings. Vor allem wegen der breiten Garage, deren Rolltor jedoch geschlossen war. Sicher standen dort nicht die üblichen Kleinwagen drin, sondern eine schicke Limousine oder ein Cabrio.

Jessi zog den Hut tiefer ins Gesicht, straffte die Schultern und marschierte wie ein Soldat auf die Eingangstür zu.

Daniel hielt sich hinter ihr – immerhin kannten ihn die Eltern nur aus dem Krankenhaus.

Ein tiefer melodischer Glockenton war zu hören, als Jessi die Klingel drückte. Auf der anderen Seite näherten sich klappernde Schritte der Türe. Sie hatten Glück: Es war jemand daheim.

»Oh. Du. Mit dir hatte ich nicht gerechnet. Und schon gar nicht in Begleitung.«

Novas Mutter, die in ihrem dunkelblauen Kostüm sehr korrekt und Respekt einflößend aussah, hielt sich offenbar nicht lange mit Vorreden auf, sondern musterte die beiden sichtlich entnervt. »Was kann ich für dich tun?«

»Ich ...« Jessi räusperte sich und fuhr dann mit krächzender Stimme fort: »Ich wollte Sie fragen, Frau Jacobs, ob ich Nova vielleicht ein paar Sachen bringen könnte. Musik, ihren Hasen ...«

Eine Augenbraue schnellte im Gesicht von Frau Jacobs nach oben und sie schürzte die Lippen.

»Es geht auch ganz schnell. Ich bin in zehn Minuten wieder weg«, fügte Jessi hinzu.

»Ich weiß zwar nicht, wofür das gut sein soll ...« Frau Jacobs seufzte. »Aber von mir aus. In einer halben Stunde erwarten wir Gäste. Du kennst dich ja aus.«

Novas Mutter trat zur Seite und ließ die beiden ins Haus. Jessi ging gleich zielstrebig die Treppe hinauf, während Daniel seinen Blick begeistert durch den imposanten Eingangsbereich wandern ließ. Riesengroße Bilder auf Leinwand, die hier beinahe so gut zur Geltung kamen wie in einer Galerie, schmückten die weißen Wände. Mächtige schwarze Bodenvasen standen dekorativ auf dem grauen Steinboden. Elegant, aber wohnen hätte er hier nicht mögen. Alles roch frisch und sauber. Das Haus strahlte ungefähr so viel Wärme aus wie seine Besitzerin.

Sie gingen einen Flur entlang, auf dem ein dicker flauschiger Teppich lag, der die Schritte dämpfte. Jessi schob eine Tür auf, hinter der drei weitere Türen zu sehen waren.

»Das ist Novas Bereich. Sie hat hier ihr eigenes Bad, ein kleines Ankleidezimmer und ihr Allerheiligstes.« Mit diesen Worten öffnete sie eine Tür, die in ein typisches Mädchenzimmer führte. Der Raum wirkte größer als Daniels gesamte Wohnung. Hier war der Boden mit einem grauen Teppich ausgelegt und die Wände strahlten in Pink. Direkt gegenüber der Eingangstür neben einem bodentiefen Fenster stand ein verschnörkeltes weißes Bett, über dem wie ein Zeltdach ein ebenfalls pinkfarbener Baldachin hing. Durch den Stoff liefen Leuchtketten.

Aus den Ecken des Zimmers schienen sich schwarze Ranken zu winden, die Nova vermutlich nachträglich selbst aufgemalt hatte.

Das ganze Zimmer wirkte verträumt und trotz der aufdringlichen Farben gemütlich. Es roch angenehm süß.

»Patschuli«, sagte Jessi, ohne dass er gefragt hatte. »Nova hatte immer diese Duftstäbchen an. Sie war fast süchtig danach.«

Während er sich weiter umschaute, ging Jessi direkt zu einer Tür, die offenbar eine Verbindung zu dem Ankleidezimmer war, holte eine kleine Reisetasche daraus hervor und begann, verschiedene Dinge hineinzupacken.

Daniel schaute aus dem Fenster in den großen Garten, der ziemlich sicher regelmäßig von einem Gärtner gepflegt wurde. »Kann ich dir was helfen?«, fragte er schließlich, denn er kam sich mit einem Mal fehl am Platz vor.

»Bin schon fast fertig. Nur noch der Laptop, die Kopfhörer ...« Sie legte beides in die Tasche, hüpfte zum Bett und nahm ein Kuscheltier bei den Ohren. »Der hier darf natürlich nicht fehlen.«

Der weiße Hase mit dem grinsenden Gesicht sah aus, als käme er von einem Jahrmarkt.

»Den hat sie geschossen. Letztes Jahr auf der Dippemess.« Jessi strahlte und hielt Daniel das Stofftier entgegen, so als wäre es eine einzigartige Trophäe. »Sie hat ihn Angsthase getauft.«

Jessi zupfte noch rasch an der Tagesdecke, die an einer Ecke verrutscht war, und packte schließlich auch eines der pinkfarbenen Kissen mit ein.

»Ein Buch vielleicht noch.«

»Jessi, ich will dir ja nicht dazwischenfunken, aber ...«

»Spar dir die Worte, Spaßbremse. Das ist zum Vorlesen. Shades of Grey wohl eher nicht, sonst flippen die im Krankenhaus aus. Was Lustiges vielleicht. Oder was mit Liebe.« Sie knabberte an einem Fingernagel, während sie mit schief gelegtem Kopf die Bücher betrachtete.

»Mein Gott, Nova liest immer einen solchen Schund. Unfassbar!«

»Wieso?«

Jessi druckste herum, brauchte aber einen Moment, ehe sie antwortete. »Na ja, Nova geht doch aufs Gymnasium. Und ich hatte immer geglaubt, dass solche Menschen irgendwie Wert auf ihre Lektüre legen. Aber an ihr scheint das völlig vorüberzugehen.«

Sie zog ein Buch heraus, mit einem Landschaftsbild auf der Vorderseite, das ihr offenbar gefiel.

»Was liest du denn so?«

»Ach, alles Mögliche. Ich mag Gedichte total gerne.« Sie legte das Buch behutsam wie eine Kostbarkeit in die Tasche und zog den Reißverschluss zu. »Ich bewundere Schriftsteller, die es schaffen, die ganz großen Gefühle in ganz wenige Worte zu packen. Das berührt mich.«

»Hast du schon mal probiert, Songtexte zu schreiben?«

Sie sah ihn überrascht an.

»Schau nicht so. Wäre vielleicht gerade ein guter Moment. Ich glaube, du hast zurzeit viel auf deiner Seele liegen.« Daniel zwinkerte ihr rasch zu. Dann schnappte er sich die Tasche. »Fertig?«

»Yap. Rückzug.«

»Sind wir etwa auf dem Kriegspfad?«

»Na ja«, sie zuckte die Schultern. »Mit Novas Eltern fühle ich mich immer so, als könnte gleich ein großer Sturm über mich hereinbrechen. Und ich bin jedes Mal froh, wenn ich unbeschadet hier rauskomme.«

»Was ist eigentlich mit ihren Eltern? Ich kann mir gar nicht vorstellen, dass Eltern überhaupt so sein können. Ihr Vater scheint ja gar nicht so übel.«

»Ach, ihr Vater, der ist doch nur der Schatten

ihrer Mutter. Der kuscht und tut, was die sagt.« Jessi kramte in ihrer Tasche, zog eine Packung Kaugummis heraus und hielt sie ihm hin. Nachdem er einen Streifen genommen hatte, steckte auch sie sich einen in den Mund.

»Nova war ein echtes Wunschkind. Eigentlich sollte sie das Sahnehäubchen auf dem perfekten Leben der Jacobs sein. Durch ihre Krankheit ist dieser Plan aber leider kräftig danebengegangen. Für ihre Mutter ist sie nichts anderes als eine Belastung. Das hat sie Nova nicht nur spüren lassen. Das hat sie ihr auch ins Gesicht gesagt. Wortwörtlich.«

Daniel nickte. Das erklärte einiges. Er schaute auf Jessi hinunter, die mit federnden Schritten neben ihm lief und plötzlich sehr müde aussah.

Sie gingen den Flur entlang und die Treppe hinunter. Jessi beeilte sich und war sofort an der Tür.

»Willst du nicht schnell Bescheid sagen, dass wir weg sind?«

»Glaubst du wirklich, dass sie das interessiert?« Sie deutete in Richtung des Wohntraktes.

In diesem Moment bog Novas Mutter mit klappernden Schritten um die Ecke. Ihre Wangen waren gerötet und sie hatte ein Glas Wein in der Hand. Sie schien leicht zu schwanken.

»Was habt ihr da eingepackt, hm?«, fauchte sie.

»Sachen für Nova. Musik, was zum Kuscheln.« Jessi hielt ihr unsicher die Tasche entgegen.

»Und wofür?« Bevor Jessi antworten konnte, trat Frau Jacobs ganz dicht an sie heran, musterte sie herablassend und zischte sie an. »Ich mag dich nicht. Hab dich noch nie gemocht. Und jetzt schleppst du schon ihre Klamotten hier raus, bevor wir die Maschinen abgestellt haben? Respekt!«

Jessi stiegen Tränen in die Augen und ihre Lippen verzogen sich. Doch Novas Mutter war noch nicht mit ihr fertig. Mit hochgezogenen Augenbrauen fuhr sie fort: »Und das da ist dein Freund. Den hast du Nova sicher auch ausgespannt, was? Eigentlich eine Nummer zu groß für dich. Aber das wird er schon noch merken.«

Bevor Frau Jacobs noch etwas sagen konnte, schob Daniel Jessi nach draußen, die völlig erstarrt war.

»Das geht jetzt echt zu weit, Frau Jacobs. Jessi meint es nur gut. Nova kann froh sein, eine Freundin wie sie zu haben.«

Er musterte die Frau mitleidig, dann schloss er fest die Tür hinter ihnen, damit das Gift, das diese Frau versprühte, drinnen blieb.

15

Jessi schob frustriert Novas Computer von sich weg. Sie schaute aus dem Fenster, musterte das triste Reihenhaus gegenüber. Sie hatte so sehr gehofft, auf dem Computer etwas zu finden. Doch da war nichts Auffälliges: weder eine sonderbare Mail oder ein Bild noch irgendein Hinweis, dass sie an dem Partyabend etwas Besonderes vorgehabt hatte. Genauso wenig konnte sie eine Mailadresse von Tobi oder diesem widerlichen Sebastian finden. Auch auf Novas Handy war nichts.

Nur die Videoblogs hatte sie bisher noch nicht angeschaut.

Nova hatte sie unter »Diary« abgespeichert und chronologisch geordnet. Etwas in Jessi sträubte sich, sie laufen zu lassen. Wieder klickte sie den Ordner an. Nein, die Daten lagen viel zu weit zurück. Da würde sie ganz sicher nichts finden.

Außerdem würde Nova das nicht wollen. Basta.

Resolut klappte sie den Laptop zu, steckte ihn zurück in die Reisetasche und zog den Reißverschluss zu.

Jessi spürte, wie Tränen in ihr aufstiegen. Sie konnte doch nicht einfach resignieren. Irgendetwas musste sie tun! Ihr Gefühl sagte ihr, dass Nova nur dann wieder wach würde, wenn geklärt war, was in der Partynacht wirklich passiert ist. Wenn sie doch nur die Typen endlich ausfragen könnte! Aber alle ihre Bestrebungen, sie zu finden, waren im Sande verlaufen. Wieder klang ihr Novas Stimme im Ohr: »Du kannst alles schaffen, wenn du nur willst.«

»Das sagt sich so leicht«, murmelte Jessi in sich hinein. Missmutig startete sie ihren eigenen Computer. Sie scrollte über die Nachrichten auf Facebook. Aber nichts davon interessierte sie. Dann rief sie Novas Account auf. Schaute die Bilder an, auf denen Nova noch lebendig war. Keine neuen Posts. Nur zwei oder drei Mädels, die ihr gute Besserung wünschten, die wiederum von ein paar Leuten geliked wurden. Novas Einträge rissen einfach an dem Tag der Party ab. Und bis auf ein einzelnes »Was geht, Nova?« hatten auch ihre zahlreichen »Freunde« ihr nichts mitzuteilen.

Das Profil wirkte so, als hätte Nova eine kurze Urlaubsreise angetreten. Verdammt! Jessis Faust knallte auf die Tischplatte. Dabei stand Novas Leben auf der Kippe! Sie rieb ihre feuchten Hände am Stoff ihrer Hose trocken. Etwas musste ihr einfach einfallen!

Erneut suchte Jessi in der Freundesliste nach den beiden Jungs. Wieder Fehlanzeige. Allerdings konnten Tobi und Sebastian auch hinter manchen einfallsreichen Kürzeln stecken. Sie konnten auch falsche Bilder benutzen. Wer wusste schon, wer wirklich »Hero X.« oder »Bunsen Brenner« war?

Sie schrieb eine Nachricht an Daniel und bat ihn, sich Novas Profil anzuschauen. Vielleicht erkannte er jemanden von der Party unter ihren Freunden wieder.

Jessis Finger lagen noch immer auf der Tastatur. Dann kam ihr eine Idee. Kurz entschlossen tippte sie einen Eintrag auf die Pinnwand: *Geile Party war das neulich! Hätte großen Bock, das zu wiederholen. Ihr wisst schon ... Wer noch?* Sie überlegte nicht lange, sondern drückte auf Return. Wenn sie die Typen nicht finden konnte, würde sie sie vielleicht auf die Art anlocken. Einen Versuch war es wert!

Videoblog vom 7. Juni 2013

(Nova hat die Füße auf dem Schreibtisch, wippt auf ihrem Stuhl)

Heute ist mir mal wieder der Kragen geplatzt. Meine tolle Mutter hat mir einen Vortrag gehalten. Darüber, was ich ihrer Meinung nach tun, aber vor allem, was ich lassen soll. Sie will doch nur mein Glück, hat sie gesagt. Natürlich. Sie will.

Ist das denn so schwer zu kapieren? Glück ist langweilig. Ihres sowieso: Langweilig und angestaubt. In dem Wort steckt schon das Problem: L-A-N-G-weilig. In meinem Leben gibt es keine Langfassung. Keinen Directors Cut, keine Extended Version. Bei mir kommt nur der Trailer. Danach ist mein Film zu Ende. Warum versteht das niemand? Wer keine Zukunft hat, der lebt einfach. Basta!

Kann sie mich nicht einen Tag mit diesem Geschwafel in Ruhe lassen? Ständig drückt sie mir ihre Meinung auf, welcher Mensch gut für mich ist. Dabei kennt sie meine Freunde nicht einmal! Wenn Jessi kommt, redet sie kein Wort mit ihr. Weil ihr für ihre Tochter niemand gut genug ist.

Heute war ich dermaßen sauer, dass ich sie angebrüllt habe. Beim Sprechen hab ich sie angespuckt. Aus Versehen, mitten ins Gesicht. Noch nicht einmal das hat sie gestört, die edle Märtyrerin. Sie hat nur den Kopf geschüttelt und sich selbst leidgetan. Wie immer. Ist ja auch einfach, wenn man in ihrer Haut steckt: Zwanzig Jahre ist sie mit meinem Vater zusammen! So alt werde ich vermutlich nicht einmal. Insofern scheiße ich auf Glück. Auf meins. Und auf ihres sowieso. Das kann sie dann ja nachholen, wenn ich weg bin, was nicht mehr allzu lange dauern dürfte. Genau das habe ich ihr gesagt. Und dann bin ich gegangen. SIE hatte natürlich nichts Besseres zu tun, als das Fenster theatralisch aufzureißen und hektisch nach Luft zu schnappen.

Wenn sie so einen auf Diva macht, werde ich richtig sauer. Dieses Mal war es besonders schlimm. Ich bin dann, ohne lange nachzudenken, in die Garage gerannt, hab das Rolltor hochgefahren und mich in IHR heiliges Cabrio gesetzt. Selbst schuld, warum lässt sie auch immer den Schlüssel stecken. Selbst schuld, dass sie nicht mit ihrem eigenen Mann redet. Der hat mir nämlich das Autofahren beigebracht. OHNE dass sie was davon mitbekommen hat.

Mit heulendem Motor bin ich die Auffahrt raus. Für SIE hab ich extra noch einmal angehalten – auf dem Gehsteig vor dem Haus, um ihr zu winken, meiner HEILIGEN Mutter, da oben am offenen Fenster.

Doof war nur, dass ich den Motor abgewürgt

habe. Sonst wäre mein Auftritt perfekt gewesen.

(Sie lacht künstlich, das Gesicht ist angespannt)

Aber ich hab's durchgezogen. Shit happens! Ich bin dann mit Vollgas die Straße runtergerast, den Arm aus dem offenen Verdeck gestreckt. »Mami« stand kopfschüttelnd am Fenster.
Ich wusste, was sie dachte. Nicht: »Hoffentlich passiert meinem Mädchen nichts.« Nein, das nicht. Sondern: »Womit habe ich das verdient?«

Das hat sie gedacht, hundert pro. Nach links und rechts hat sie geguckt, ob diesen »Auftritt« auch ja niemand mitbekommen hat. WAS sollen nur die Leute sagen? Ich kann es nicht mehr hören!!! Die Leute? Ich pfeif auch auf die Leute. Ich pfeife auf ihre ewige Show. Bestimmt hat sie sich direkt erst mal die Hände gewaschen, so als ließe sich alles Übel wegseifen. Und danach hat sie sich wahrscheinlich an ihren perfekten Herd in ihrer perfekten Küche gestellt, um ein perfektes Abendessen zu kochen. Pünktlich. Wie immer. Weil MAN das so macht. Egal, was passiert. Dabei isst sie sowieso weniger, als sie trinkt. Meine perfekte Mutter.

(Sie rückt ganz nah mit dem Gesicht an den Bildschirm)

Psst. Nicht verraten: Ich bin nur um die Ecke gefahren. Dann hab ich den Wagen geparkt, den Schlüssel auf den Beifahrersitz geworfen und bin runter zum Main-Ufer. Zu Fuß. Dort hab ich mich hingesetzt und bloß auf das Wasser geschaut.

Ich mag das. Es macht mich ruhig. Der Fluss führt viel Wasser momentan, Deutschland ist total geflutet. Der Main wirkte wild und unberechenbar. Er ist für mich so wie das Leben. Mal schwillt alles an, sind tolle Augenblicke im Überfluss da, mal sind die Tage mies und karg. Einen Einfluss darauf hat man nie. Ich nicht und auch niemand sonst.

Dann habe ich mich einfach auf die Bank gelegt und gewartet, bis die Dämmerung kam – und mit ihr die tausend strahlenden Lichter der Skyline. Ich liebe diese Stadt. Sie passt zu mir. Auch sie ist an manchen Stellen hässlich. Und an vielen schön.
Das wollte ich noch loswerden. Gute Nacht.

(Sie schaltet das Gerät aus. Clipende)

16

Felix fuhr sich mit beiden Händen durch die Haare und hielt den Blick gesenkt. Sein linkes Bein wackelte nervös. Er dachte nach.

Tobi hätte ihn am liebsten geschüttelt oder eine flapsige Bemerkung losgelassen. Aber weder das eine, noch das andere hätte irgendwas gebracht. Stattdessen krallte er einen Fingernagel in die Innenflächen seiner Hand, so fest, dass es höllisch wehtat. Irgendwie musste er Druck ablassen.

Sie saßen bei *Mosch Mosch* am Goetheplatz. Tobi verspürte zwar keinerlei Lust auf Essen, war sich aber sicher, dass weder Magnus noch Sebastian hier aufkreuzen würden. Felix hingegen mochte Asiatisch und war seiner Einladung arglos gefolgt.

Tobi schob die Suppenschüssel, in der dicke Weizennudeln und lappige Gemüsestücke schwammen, weit von sich und riss sich mit einem Ruck das lächerliche rot-weiß gestreifte Papierlätzchen vom Hals. Er schaute nach draußen auf den Platz. Düstere Wolken waren zwischen den Wolkenkratzern aufgezogen. Hoffentlich würde mit dem Gewitter auch die Schwüle verschwinden, die wie eine Glocke über der Stadt hing. Er nahm eine Serviette und wischte sich den Schweiß ab.

Felix nahm die Hände aus den Haaren und begann langsam, sein Yakiudon zu mischen. Er fischte ein Stück Tofu heraus und betrachtete es mit gerunzelter Stirn. Dann legte er es auf das Tablett, nahm den Suppenlöffel aus Tobis Schüssel und quetschte den Tofu platt.

»Das passiert mit dir, wenn du dich mit Magnus anlegst, Tobi. Das hast du gewusst. Von Anfang an. Und ich schätze, da musst du jetzt durch.«

»Ich weiß. Ich will Magnus doch auch gar nicht an den Karren pinkeln. Wer weiß, was Sebastian da mit Nova gemacht hat, als ich weg war.« Tobi schluckte hart und fröstelte trotz der drückenden Hitze.

»Darüber hättest du besser vorher nachdenken sollen, Mann. Jetzt ist das Ding mit der Prinzessin gelaufen. Mitgehangen, mitgefangen. Wir stecken da alle drin, kapiert?«

Felix nahm seine Stäbchen wieder auf und aß völlig ruhig weiter. Tobi schaute ihm zu, dann kippte er in einem Zug seine Rhabarberschorle herunter. Draußen krachte ein Blitz, ein heftiger Windstoß trieb eine Plastiktüte über den Platz.

Also kein Verbündeter. Jetzt konnte er nur noch abwarten, was passieren würde.

»Gibt es irgendwelche Videos?«

Felix schaute ihn fragend an. »Wovon?«

»Keine Ahnung. Ich meine nur.« Tobi versuchte sich seine Erleichterung nicht anmerken zu lassen. Das hieß, es gab nichts im Netz. Wenigstens das.

Und der Wind legte sich, und auf den Bäumen vor dem Schloss regte sich kein Blättchen mehr. Rings um das Schloss aber begann eine Dornenhecke zu wachsen, die jedes Jahr höher ward, und endlich das ganze Schloss umzog und darüber hinauswuchs, dass gar nichts mehr davon zu sehen war, selbst nicht die Fahne auf dem Dach.

Jessi wollte unbedingt, dass Nova schön aussah, wenn sie aufwachte. Ganz bewusst hatte sie sich heimlich mit ihrem Koffer hereingeschlichen und die Schwester gar nicht erst gefragt, ob das erlaubt sei. Erwachsene hatten ohnehin meist Probleme mit der Art, wie sie und Nova sich gerne zurechtmachten.

Manchmal musste man einfach seinem Gefühl folgen, egal aus welchem Grund. Jessi war sich sicher, dass es Nova guttat, wenn sie schön war. Als sie angefangen hatte, den alten Lack von den Nägeln zu entfernen, war es ihr zunächst schwergefallen, ihre Freundin zu berühren. Aber dann merkte sie, dass Novas Herzschlag immer im gleichen Rhythmus blieb, und wurde gelassener. Sie gewöhnte sich daran, dass Nova keinerlei Reaktion zeigte.

Zunächst feilte sie ihren kaputten Nagel in Form.

»Jetzt zeige ich dir mal, dass sich die Investition in meinen Koffer gelohnt hat, Süße. Ich habe letzte Woche wieder einen Auftrag bei dem Fotografen gehabt. Der ist immer super zufrieden mit meiner Arbeit und die Kundin war es auch. Wenn das so weitergeht, kann ich bald den nächsten Kurs bezahlen. Hairstyling, zweiter Teil. Da lerne ich auch, wie man Hochsteckfrisuren macht. Dann mache ich dich ganz toll zurecht für die nächste Party.«

Jessi spürte einen dicken Kloß im Hals. Sie holte tief Luft und konzentrierte sich auf Nova, um nicht wieder von Schuldgefühlen zerfressen zu werden, weil sie sie nicht begleitet hatte. Sie hielt verschiedene Fläschchen neben Novas Hände und entschied sich schließlich für einen unauffälligen hellrosafarbenen Lack, der besser zu der blassen Haut passte als der dunkle.

»Weißt du, wir waren bei dir daheim und

haben ein paar Sachen für dich geholt. Deinen Angsthasen habe ich auch mit dabei. Wenn ich dich gleich gekämmt habe, dann bringe ich ihn dir. Dann bist du nicht immer so alleine.«

Vorsichtig legte Jessi Novas frisch lackierte Hände auf die Decke, damit der Lack trocknen konnte, und holte eine Bürste aus dem großen Metallkoffer. Dann begann sie, Novas Haare zu frisieren. Sie strich ihr den dicken Pony aus dem Gesicht, so konnte sie später besser an den Augen arbeiten.

»Deine Mutter hat ganz schön blöde geguckt, als ich da mit Daniel stand. Der hat mich begleitet, weißt du?«

Sie folgte dem Schwung der Haare, rollte die Spitzen ein und ließ die Bürste dann erst einmal liegen. Sie hatte das Glätteisen vergessen, aber so würden die Strähnen auch schön nach innen fallen. Sie begann, mit dem Eyeliner zunächst einen Lidstrich zu ziehen. Ein leichtes Zucken der Augendeckel erschreckte sie.

»Hat das gekitzelt?« Irritiert schaute sie auf die Geräte, aber die Anzeigen blieben immer im gleichen Abstand. Vorsichtig machte sie weiter.

»So einen tollen Typen hat sie mir nicht zugetraut. Das hat man genau gemerkt.« Nach kurzem Zögern zog Jessi ihrer Freundin einen Lidstrich. Dieses Mal blieben Novas Lider ruhig. »Der ist wirklich toll, der Daniel. Er macht auch

Musik. Schreibt selbst Songs und stell dir vor, er hat mich gefragt, ob ich nicht auch mal etwas für ihn texten könnte. Wäre das nicht der Hammer? Wenn jemand singt, was ich geschrieben habe?« Sie nahm Novas schlaffe Hand und legte sie auf ihren Arm. »Ich kriege eine Gänsehaut, wenn ich mir das vorstelle. Vielleicht könnten wir dann ja auch mal zu dritt was machen. Du könntest singen, er spielt und ich schreibe die Sachen. Du hast so eine tolle Stimme.«

Sie hielt inne, sah auf Novas regloses Gesicht. Ob Nova je wieder sprechen würde? Jessi zwang sich weiterzumachen, nicht nachzudenken.

»Das wird toll, ich sag's dir. Und er gefällt dir sicher auch. Der Typ hat echt was und ist nicht so ein oberflächlicher Idiot. Ich verstehe zwar noch immer nicht, wieso er sich so für uns interessiert, aber vielleicht hat er sich einfach in dich verliebt. Wäre ja kein Wunder: Du siehst wunderschön aus.« Jessi kicherte. »Ein Helfersyndrom hat er in jedem Fall – aber wen kümmert das schon, wenn der Typ süß ist, oder?«

Sie malte feine, geschwungene Linien, die bis zu Novas Schläfe reichten. »Und süß ist er. Das kann ich dir sagen. Man kann richtig toll mit ihm reden. Eigentlich genau so einer, wie wir ihn uns immer gewünscht haben.«

Sie betrachtete ihr Werk, verglich, ob beide Seiten gleich gut gelungen waren, besserte eine

Stelle nach, die nicht ganz symmetrisch verlief. Dann strich sie die Ponysträhne wieder in Novas Gesicht.

»Wahnsinn, das steht dir gut!« Jessie musste lächeln. »Ich lasse das so aussehen wie Rosenranken. Dann bist du mein Dornröschen ...« Leiser murmelte sie: »... und erwachst ganz sicher bald aus deinem tausendjährigen Schlaf.«

Um nicht schon wieder die Fassung zu verlieren, zog sie rasch die Bürste aus Novas Haar und wickelte nun auch die andere Seite ein.

»Das wäre wirklich an der Zeit«, ließ eine Stimme Jessi zusammenzucken. Überrascht drehte sie sich um. »Daniel! Ich hab gar nicht gehört, dass du reingekommen bist. Kannst du durch Wände gehen?« Hatte er etwa alles gehört? Sofort begann Jessie wieder, Nova Locken zu drehen.

»Nein, das nicht. Es klingt sicher bescheuert, aber ich mache die Tür immer extra leise auf.« Er zögerte. »Ich will sie nicht erschrecken. Irgendwie hoffe ich jedes Mal, sie sei wach.«

»Hey, das sieht toll aus! Hast du das gemacht?« Sein Lob war ihr peinlich. Er trat jetzt näher an die andere Seite des Bettes heran.

Ungläubig starrte Jessi auf das Display der Maschine: Novas Herzschlag hatte sich beschleunigt. Nicht viel, doch seitdem sie hier war, war die Frequenz stets unverändert geblieben. Sie war sich ganz sicher. Wies nicht auch Novas Gesichtsfarbe einen Hauch mehr Rosa auf? Oder bildete sie sich das bloß ein?

»Was ist?«, fragte Daniel. »Du siehst aus, als hättest du gerade einen Geist gesehen.«

Jessi schüttelte den Kopf, behielt jedoch weiter Novas Gesicht und den Monitor im Auge. »Legst du mal den Angsthasen neben sie?«, bat sie Daniel. »Ich suche etwas Musik für sie heraus.«

Er nickte, nahm das Stofftier und setzte es Nova behutsam in den Arm, bedacht darauf, nicht an den Schlauch mit der Infusion zu stoßen.

Wieder schlug Novas Herz schneller. Nicht viel, aber Jessi konnte es dieses Mal ganz deutlich erkennen.

Was hatte das zu bedeuten? Reagierte sie auf Daniel? Aber sie kannte ihn doch gar nicht. Wenn seine Version stimmte. Jessis Gedanken gingen wild durcheinander.

»Ich wünschte, sie würde endlich aufwachen«, platzte es schließlich aus Jessi heraus.

»Ja. Wie gesagt ... das wird langsam wirklich Zeit.«

Jessi sah Daniel fragend an. Was meinte er damit?

»Na ja, es ist eben so, dass Komapatienten ...« Er räusperte sich. »Man kann davon ausgehen, dass das Gehirn geschädigt wird, wenn sie länger in diesem Zustand bleiben.«

Jessi schüttelte den Kopf. Nein, so gemein

konnte das Schicksal nicht sein. Nova hatte schon genug zu erleiden.

»Was haben diese Schweine ihr nur angetan?«, raunte sie und ballte ihre Fäuste. Resolut warf Jessi ihre Utensilien in den Kosmetikkoffer und ließ die Verschlüsse zuschnappen. Sie vertat ihre Zeit. Sie musste zu diesem Tobi. Ein Blick auf ihre Uhr zeigte, dass es erst elf Uhr war. Sie konnte noch rechtzeitig bei der Schule sein. Notfalls würde sie sich eben dort postieren und nach ihm fragen. Es gab bestimmt nicht viele Jungs mit diesem Namen.

»Ich muss los«, sagte sie. »Sehen wir uns später?«

Daniel nickte. »Ich spiele heute nach meiner Schicht. Da, wo du mich das letzte Mal getroffen hast.« Er schaute sie fragend an. »Was hast du vor?«

»Ich muss einfach etwas tun! Irgendjemand muss doch herausfinden, was passiert ist!« Jessi hörte den hysterischen Ton in ihrer Stimme. Sie konnte nicht mehr. Die Machtlosigkeit überwältigte sie und sie schaffte es nicht, die Tränen noch länger zurückzuhalten. »Ich hab einfach keine Ahnung. Wenn Nova doch nur wach wäre! Sie wusste immer einen Weg.«

Daniel kam ein paar Schritte auf sie zu und zog sie in seine Arme.

Schon einmal hatten sie so in diesem Zimmer

gestanden, das wusste sie. Dieses Mal aber war es anders. Jessi spürte ihn: seinen trainierten Körper, seine muskulöse Brust, an die sie erschöpft ihre Stirn lehnte. Er roch gut. Und sie fühlte sich mit einem Mal geborgen. Nicht mehr so alleine, wie noch vor wenigen Minuten.

»Ich weiß, was du gerade durchmachst, Jessi. Ich weiß es sogar ganz genau!« Seine Hand strich sanft über ihren Rücken. »Solange sie lebt, ist noch eine Chance da, hörst du? Und es hat schon Fälle gegeben, bei denen die Patienten völlig unbeschadet aufgewacht sind.«

Sie nickte, hob aber nicht ihren Kopf.

»Hey. Ich helfe dir, okay? Heute Abend machen wir einen Plan. Einverstanden?«

Mit dem Handrücken wischte Jessi sich die Tränen weg und streckte Daniel ihr Gesicht entgegen.

»Verschmiert?«, fragte sie ihn.

»Warte.« Er hob ihr Kinn ein wenig und wischte vorsichtig unter ihrem Auge entlang. Dabei zog der Hauch seines Eau de Toilette in ihre Nase. Durften Mitarbeiter von Krankenhäusern eigentlich so unverschämt gut riechen?

»Jetzt ist alles okay«, sagte er und nickte ihr zu.

Er hatte braune Augen. Das hatte sie bisher nie bemerkt.

Rasch klaubte Jessi ihre Sachen zusammen,

setzte ihren Hut auf und warf einen letzten Blick auf die Schlafende. Sie wusste nun, warum Novas Herz schneller schlug. Ihr eigenes tat es ja auch.

18

Tobi spürte, dass ihm jemand folgte. Er hörte keine Schritte, es war mehr ein Gefühl, wie eine Alarmanlage im eigenen Körper. Er hielt seinen Schlüsselbund fest umklammert, beschleunigte seinen Schritt, hielt Ausschau nach anderen Menschen. Aber er war alleine hier in der Straße. Er suchte nach erleuchteten Fenstern, bezweifelte jedoch, dass ihm von dort jemand zu Hilfe käme. Jeder lebte hier lieber für sich und Ärger mochten die Leute nicht.

Er hastete weiter. Nur noch ein paar Minuten, dann war er zu Hause. Er traute sich nicht, sich umzudrehen, und war nicht darauf gefasst, als ihn plötzlich jemand von hinten am Kragen packte und gleichzeitig den Körper in ihn rammte.

Er strauchelte, versuchte nicht hinzufallen, streckte die Arme zu seinem Schutz aus. Der andere war jedoch stark genug, um ihn hochzuhalten, und so stolperte er noch ein Stück weiter bis in einen Hauseingang hinein.

Sein Herz raste und seine Augen weiteten sich, als er Magnus erkannte. Der drückte ihn mit seinem ganzen Gewicht gegen die Wand, wodurch Tobis rechter Arm hinter seinem Rücken festklemmte. Dann presste Magnus seinen Unterarm fest gegen Tobias' Gurgel. Tobi versuchte, mit der freien Hand den Druck zu lösen, war aber machtlos.

Er saß in der Klemme. Hektisch suchten seine Augen die Wand vor ihm ab. In dem Hauseingang musste es doch Klingelknöpfe geben. Wenn sie nicht gegenüber waren, dann mussten sie direkt neben ihm sein.

»Hör mir gut zu, Kumpel«, knurrte Magnus. »Was soll die Scheiße?«

Der Druck auf Tobis Hals ließ nicht nach, er bekam kaum Luft, sein Adamsapfel schmerzte und er konnte nicht antworten.

»Glaubst du eigentlich, ich bekomme nichts davon mit, wenn du hinter meinem Rücken Stimmung gegen mich machst?«, fuhr Magnus wütend fort. »Glaubst du das?«

Tobi schüttelte den Kopf, sah Magnus flehentlich an und glitt währenddessen verstohlen mit der Linken die Wand entlang, tastete nach den Klingeln. Er brauchte Hilfe. Magnus traute er so ziemlich alles zu.

»Du lässt das, Kumpel. Und benimmst dich wieder. Ich bin der Chef. Ich könnte dich jederzeit verpfeifen. Aber wir beide wissen, dass ich so was nicht mache, oder? Wir beschützen uns. Verstanden?«

Tobi nickte. Er spürte nur den rauen Putz, suchte weiter.

»Du wirst für diese Sache bezahlen. Und ich weiß auch schon wie.« Jetzt lächelte Magnus ihn an. Ein teuflisches Grinsen. »Bei unserer nächsten Aktion bist du dran. Keine Mätzchen, kein ›Ich kann das nicht‹. Da siehst du zu, dass wir ein hübsches neues Opfer finden. Hast du das verstanden?«

Wieder nickte Tobi. An seiner rechten Schulter spürte er ein Blech. Da waren die Klingeln. Aber ein heftiger Schmerz zwischen seinen Beinen ließ ihn jäh zurückzucken, er versuchte, Magnus' brutalen Griff zu lockern, stöhnte laut auf.

»Wann?«, presste er hervor.

»Übermorgen.« Magnus packte noch fester zu, Tobi blieb die Luft weg. »Denk dran, klappt das nicht, hab ich dich an den Eiern. Kapiert? Letzte Warnung, mein Freund.«

Tobi nickte heftig, der Schmerz wurde unerträglich, er gab winselnde Geräusche von sich, wollte nur noch, dass der andere endlich seine Genitalien losließ.

Mit einem Mal hörte Magnus auf, ihn zu

quälen. Tobi sackte zusammen, japste nach Sauerstoff und hielt sich den schmerzenden Unterleib. Er hörte, dass Magnus seine Handflächen abwischte, so als müsse er sich von Dreck befreien. Nichts anderes war er für ihn.

Dann hörte Tobias Magnus' Lachen. Mühevoll sah er auf und erschrak, denn nun stand Magnus breitbeinig direkt vor seinem Gesicht. Aber der sah nur belustigt auf ihn herab, zog seine Hose hoch und richtete seinen Kragen.

»Schönen Abend noch«, sagte Magnus schließlich mit einem beunruhigenden Singsang. »Wir sehen uns!«

Tobi hörte erleichtert, wie sich seine Schritte entfernten. Er ließ seinen Kopf auf den Boden sinken und begann zu flennen.

19

Daniel war noch eine Weile bei Nova geblieben. Sie sah umwerfend aus, nachdem Jessi sie geschminkt hatte. Obwohl ihr Gesicht völlig reglos in dem weißen Kissen lag, konnte er sich vorstellen, wie sie wirkte, wenn sie bei Bewusstsein war. Er hatte in dem Video das Funkeln in ihren Augen gesehen, das herausfordernd gehobene Kinn. Er trat näher an ihr Bett und strich ganz leicht über ihren Arm.

Jessi hatte recht, es musste etwas passieren. Dieses Mal war er nicht völlig machtlos – nicht so wie damals. Vielleicht gelang es ihnen wirklich, etwas herauszufinden, durch das sie sie wieder zurückholen konnten.

Kurzerhand machte er sich auf den Weg ins Schwesternzimmer, in dem der Computer stand. Es herrschte viel Betrieb auf der Station. Solche Tage gab es, an denen einfach mehr passierte als an anderen. Ob es die Sternenkonstellation oder das Wetter war, wusste er nicht. Doch dieser Trubel heute kam ihm sehr gelegen. Alle Schwestern waren unterwegs.

Er tat so, als würde er etwas auf dem Schreibtisch suchen, tippte dabei aber auf der Tastatur Novas Namen ein. Wie gut, dass sie keinen gewöhnlichen Namen hatte. Es gab tatsächlich nur einen Eintrag. Er versuchte, weiter beschäftigt zu tun, während er mit dem anderen Auge die Einträge durchsuchte. Viele Kürzel sagten ihm nichts.

Verdammt, er hörte die quietschenden Sohlen von Krankenhausschuhen und gab schnell den Namen ein, der zuvor dort gestanden hatte. Er beschloss, so zu tun, als würde er ein Pflaster suchen. Eine bessere Ausrede fiel ihm nicht ein.

»Ach, du mal wieder. Warst du schon bei unserer schlafenden Schönheit?«, fragte Schwester Barbara.

Daniel blickte peinlich berührt zu Boden.

»Ich bin ja froh, dass du und diese Kleine mit den verrückten Klamotten sie immer besucht. Schon traurig, welches Umfeld manche Menschen haben.«

Er horchte auf und ließ sich einfach auf dem Stuhl nieder. Zwar würde er verspätet aus seiner Pause zurückkehren, wenn er noch lange blieb, aber er musste die Plauderlaune der Schwester einfach ausnutzen.

»Gleich kommen die Eltern. Ich möchte mir gar nicht vorstellen, was wir uns dieses Mal alles anhören dürfen.«

Daniel nickte. Klar, sie hatte Angst, dass Novas Eltern von Jessis Schminke nicht begeistert wären. »Na ja, die Geschmäcker sind eben verschieden.«

Sie hob die Augenbraue und schaute ihn abschätzend an. »Findest du? Seltsam, ich hatte dich für vernünftiger gehalten.«

Daniel merkte, wie er wütend wurde. Es war wieder so typisch. Alles, was anders war, wurde abgelehnt. »Also, ich finde es gut, dass sich jemand um sie kümmert. Völlig egal, wie. Und die Berührungen – ich hatte das Gefühl, Nova täte das gut.«

»Ich glaube, wir sprechen von verschiedenen Dingen, Daniel. Ich meinte ihren Drogenkonsum.«

Jetzt war es an ihm, verblüfft zu schauen.

»Ihr was?«

»Bei den Untersuchungen wurde natürlich auch eine Blutprobe entnommen. Es kommt ja immer häufiger vor, dass die Jugendlichen sich ins Koma saufen heutzutage. Und dabei wurde eindeutig festgestellt, dass das Mädchen was genommen hat.« Sie seufzte. »Kind aus gutem Hause – kein Wunder, die hatte eben auch das Geld, sich solche Partydrogen zu beschaffen. Nur die Eltern, die werden wieder nichts davon wissen wollen. Und wenn der Arzt ihnen das gleich mitteilt und fragt, ob das schon häufiger vorgekommen ist, ahne ich schon, an wem sie ihren Frust ablassen werden.«

Daniel wusste nicht, was er erwidern sollte. Das Video der aufgekratzten Nova, die Drogen und die beiden Jungs, die sich komisch benahmen – plötzlich fügten sich alle Einzelheiten zu einer ganz neuen Geschichte zusammen.

Eine, die völlig anders verlief als die, die Jessi ihm erzählt hatte. Und er hatte geglaubt, dass er hier etwas wiedergutmachen müsste.

»Tja, stimmt, das greift immer mehr um sich. Aber wessen Eltern wären schon begeistert, wenn sie hören, dass ihre Tochter sich einfach wegschießt«, antwortete er. Die Schwester sollte nicht merken, wie diese Information auf ihn wirkte. Schließlich deutete auf die Uhr. »Ich muss zurück zu meiner Station.«

»Sehen wir uns morgen wieder?«, fragte sie lächelnd. »Jemanden wie dich könnten wir hier auf der Station auch gebrauchen.«

Er nickte abwesend und hob zum Abschied grüßend die Hand.

Der Nachmittag war hektisch verlaufen und Daniel hatte es im Krankenhaus sehr gut geschafft, das Gespräch mit der Krankenschwester zu verdrängen. Jetzt aber, wo er zur Gitarre seine Lieder sang, kehrte die Erinnerung zurück. Er hatte Jessi gebeten, ihn zu treffen. Suchend musterte er die wenigen Menschen, die stehen blieben, um ihm zuzuhören.

Er war fahrig und hatte sogar den Text des Songs vergessen. Kein Wunder, dass die Massen achtlos an ihm vorbeiliefen. Wenn er es nicht schaffte, sich zu konzentrieren, würde noch weniger Geld als sonst in seinem Gitarrenkoffer landen.

Gedankenverloren blickte er auf die vorbeieilenden Menschen. Er wusste nicht, wie er Jessi beibringen sollte, was er heute erfahren hatte. Es würde ihren Glauben an Nova sicher erschüttern.

Zu gerne hätte er ihr das erspart. Jessi war so grundehrlich und hätte sicher kaum Verständnis für das Verhalten ihrer Freundin. Vermutlich würde sie die Schuld auf diese Kim schieben. Oder - was noch schlimmer war - auf sich selbst. Weil sie Nova nicht begleitet hatte.

Dabei hätte sie nichts von dem, was passiert war, verhindern können. Daniel war selbst schon durch depressive Phasen gegangen und wusste nur zu gut, wie solche Situationen einen Menschen veränderten. Manchmal war dann einfach alles zu viel. Nova hatte sich vielleicht nur von ihrem eigenen miesen Schicksal ablenken wollen.

Er stimmte ein neues Lied an. Es war einer der

Songs, die er nach dem Tod seiner Schwester geschrieben hatte. Mittlerweile konnte er auch diese Lieder in der Öffentlichkeit spielen, ohne dabei mit den Tränen zu kämpfen. Er schaute über die Dächer der Einkaufszentren hinweg, fragte sich, ob sie ihn wohl wirklich sehen konnte. Dann schloss er die Augen und gab sich der Melodie hin.

Plötzlich fühlte er sich beobachtet. Alarmiert öffnete er die Augen wieder und sah, dass sich in der zweiten Reihe hinter einem korpulenten Mann jemand verbarg. Möglichst unauffällig änderte Daniel seine Sitzhaltung, um besser sehen zu können. Tatsächlich: Tobias. Als ihre Blicke sich trafen, wandte Tobi den Kopf ab und ging in Richtung der Zeil-Galerie.

Daniel konnte nur mit Mühe weiterspielen, beschleunigte das Tempo etwas, was dem traurigen Lied nicht gerecht wurde. Dennoch: Er musste zum Ende kommen, er wollte Tobi folgen. Oder wenigstens eine WhatsApp-Nachricht an Jessi schicken, dass sie ihn hier finden würde. Oder hatte sie etwa Tobi getroffen und er war deshalb hier? Hatte sie ihn vielleicht gebeten zu kommen, um gemeinsam über die Nacht zu reden?

Er sang den Refrain zum letzten Mal und verzichtete auf eine Wiederholung. Dann bedankte er sich bei den wenigen Zuhörern, die offenbar nicht bemerkten, dass er sein Lied verkürzt hatte.

Ein Mann warf ihm sogar einen Zehner in den Koffer und nahm eine der CDs, die Daniel zu Hause aufgenommen hatte. Er zog sein Handy aus der Tasche und schrieb rasch eine Nachricht an Jessi. Hoffentlich konnte sie kommen, solange Tobi im Einkaufszentrum war. Daniel würde den Ausgang nicht aus den Augen lassen. Zwar war es utopisch, Tobi in den zahlreichen Läden finden zu wollen. Dennoch: Es war eine Chance.

Er nahm einen Schluck Wasser und begann erneut zu spielen. Hatte er sich das eingebildet oder hatte Tobi entsetzt geschaut, als er ihn erkannt hatte? In jedem Fall war er nicht stehen geblieben, hatte nicht versucht, sich bemerkbar zu machen. Diese ganze Geschichte wurde immer seltsamer.

Videoblog vom 13. Juli 2013

(Nova sitzt in einem T-Shirt im Bett, die Augen rot vom Weinen. Ihre Stimme ist nur ein Flüstern.)

Es ist mitten in der Nacht. Ich kann heute einfach nicht schlafen. Die Stille macht mich verrückt. Und ich hab Angst. So eine Scheißangst. Ich fühl mich einfach noch nicht bereit dazu, jetzt schon abzutreten. Noch nicht. Heute holpert mein Herz so sehr, dass ich nur schwer atmen kann. Vorhin habe ich mit der Faust auf meine Brust gehämmert. »Schlag«, habe ich geschrien, »verdammt, schlag endlich!«

Wenn ich doch nur jemanden zum Reden hätte. Andererseits habe ich das Gefühl, es könnte genau dann passieren. Dass ich es herbeirede. Wenn ich es ignoriere, vielleicht passiert es dann einfach nicht? Es darf einfach nicht sein. Ich kann noch nicht gehen. Absolut nicht. Ich will nicht sterben! Hörst du?

(Ihr Blick geht nach oben, sinkt dann wieder.)

Ich frage mich wirklich, ob es so was wie einen Gott gibt, ob da oben jemand sitzt. Lacht der sich gerade ins Fäustchen, weil ich hier zappele und wüte? Um Zeit bettele? Nur ein wenig Zeit. Ich will ja gar nicht gesund sein. Es ist okay so. Den Rest, den krieg ich schon hin. Ein paar Wochen, Monate oder Jahre noch, das muss doch drin sein, oder?

(Sie lächelt flüchtig, ihre Lippen beben.)

Vielleicht sitzt der gerade mit seinen Engeln da oben am Tisch und pokert darum, was mich schließlich fertigmachen wird. Die Nebenwirkungen der Medikamente? Oder doch das Herz, das es irgendwann nicht mehr packt? Vielleicht ist er ein echter Scherzkeks und lässt mich einfach von einem Auto überfahren.

Egal, wie ich es drehe und wende: Diese Ungewissheit macht mich fertig! Deshalb schlag jetzt, blödes Herz! Ich kann nicht einfach so verschwinden. Ich habe hier doch nichts hinterlassen. Nichts. Nur ein paar Fotos, ein paar Videos. Aber das kann nicht alles gewesen sein, oder? Es muss irgendeinen Sinn machen, dass ich hier bin. Findet ihr nicht? Irgendeinen.

(Sie sucht ein Taschentuch. Clipende)

20

Völlig außer Atem lief Jessi die Treppe zur Zeil hinauf. Sie hörte schon den Sound von Daniels Gitarre, den sie mittlerweile bereits nach wenigen Takten erkannte. Er schaute unablässig in Richtung der Zeil-Galerie, bemerkte sie aber dennoch sofort, als sie in den Halbkreis der wenigen Zuhörer trat. Er lächelte kurz und nickte. Vermutlich wollte er ihr sagen, dass Tobi noch nicht wieder herausgekommen war.

Jessi hoffte, die ganze Clique würde sich dort treffen. Ungeduldig tippte sie mit dem Fuß auf den Boden. Es half nichts, sie musste warten, bis Daniel fertig war. Er trug heute eine verwaschene Jeans, ein Karohemd und Boots. In den weißen Klamotten des Krankenhauses wirkte er immer viel respekteinflößender und nicht so cool. Als Jessi merkte, dass sie ihn unverhohlen anstarrte, schaute sie rasch zu Boden. Was war nur mit ihr los? Daniel half ihr. Das war alles. Wahrscheinlich war er sowieso in Nova verknallt.

Energisch drehte sie sich um und beobachtete stattdessen die Menschen, die ihm zuhörten. Zwei Paare standen da, eine Frau mit ihrer Tochter, die im Kinderwagen eingeschlafen war, ein älterer Herr. Ein Mädchen bewegte leicht die Hüften zur Musik. Pah, vermutlich war sie nur zu dämlich, den Text zu verstehen. In dem Augenblick zwinkerte das Mädchen Daniel zu. Was für eine Kuh, dachte Jessi und war froh, dass er überhaupt kein Auge für etwas anderes als den Eingang zum Einkaufscenter hatte.

Sie musterte noch einmal die schlanke Erscheinung der Tanzenden, deren Kleid ziemlich viel Bein freilegte. Die konnte ihm ruhig schöne Augen machen, trotzdem würde Jessi gleich mit Daniel verschwinden.

In dem Moment zog eine andere Silhouette Jessis Aufmerksamkeit auf sich: rote Lederjacke, leuchtend blaue Skinnyjeans, die für ihre Figur einen Hauch zu eng saßen. Das war Kim. Ohne Zweifel. Sie trug eine Tüte bei sich – eindeutig von Hollister.

Jessi stutzte. Niemals. Kim war zwar wirklich sexy, aber sie würde mit ihrer üppigen Figur niemals in die Klamotten dieser Marke passen. Jetzt bog auch sie in die Passage ein.

Sie zögerte nicht lange und rannte hinter Kim

her. Daniel würde schon wissen, wohin sie unterwegs war, und konnte sie über ihr Handy erreichen.

Jessi war glücklich über Kims auffällige Klamotten, dank der sie sie gleich entdeckte. Sie wartete vor dem Aufzug. Jessi schob sich in eine Ecke, von der aus sie sehen konnte, welches Stockwerk Kim drücken würde. Erst dieser Tobi, dann Kim. Komischer Zufall ...

Kim machte für die aussteigende Dame Platz, ging dann in die Kabine hinein und drückte das oberste Stockwerk. Genial: Kino oder Café – in jedem Fall hatte Jessi nun Zeit, ihr zu folgen. Sie war sich sicher, dass sie da, wo Kim war, auch Tobi finden würde. In der Schule hatte sie ihn nicht angetroffen, aber jetzt gleich würde sie ihn zur Rede stellen können, was auf der Party gelaufen war.

Als der gläserne Aufzug ein paar Meter hochgefahren war, huschte Jessi aus der Nische hervor und drückte nervös den Fahrstuhlknopf. Sie sah in einiger Entfernung Daniel auftauchen, der offenbar seine Session beendet hatte.

»Hey, was ist los? Du bist weggerannt, als wäre der Teufel hinter dir her.«

»Kim. Sie ist auch hier.«

»Du meinst die Kim, die mit Nova zur Party gegangen ist?«

»Die und keine andere.« Jessi sah Daniel triumphierend an. »Und es ist ganz sicher kein Zufall, dass sie heute auch hier aufkreuzt.«

Nachdem sie in den Aufzug getreten waren, bückte Daniel sich, um seine Sachen ordentlich im Rucksack zu verstauen. Jessi sah auf seinen braunen Haarschopf herab und betrachtete das Muskelspiel seiner Oberarme.

»Wie gehen wir denn jetzt vor?«, fragte sie mit krächzender Stimme.

»Keine Ahnung«, antwortete Daniel und richtete sich wieder auf.

Nervös schaute Jessi in die vorbeiziehenden Geschäfte, bis sie endlich im neunten Stockwerk ankamen. Sie stiegen aus und wählten den Weg zur Dachterrasse. Heilfroh darüber, nicht mehr eng auf eng mit Daniel zusammenzustehen, suchte sie nach der auffälligen Farbkombination von Kims Klamotten. Tatsächlich: An einem der hinteren Tische stand sie und sprach mit vier Jungs, die dort Weißbier tranken. Jessi zog Daniel hinter eine Pflanzengruppe und zeigte in die Richtung.

»Der eine ist Tobi«, meinte Daniel. »Und das Mädchen habe ich auch schon mal gesehen.«

Jessi hob die Augenbrauen. »Auf der Party?«

Er zuckte die Schulter. »Weiß nicht genau.«

Sie beobachteten die fünf Jugendlichen. Zwei der Jungs waren deutlich älter. Zumindest wirkten sie so. Kim hatte die Tüte auf den Tisch gestellt, die nun einer der Jungs an sich nahm. Er trug eine Sonnenbrille und seine dicke Armbanduhr funkelte in der Sonne. Geld hatten die in jedem Fall. Aber dass Kim für die shoppen ging? Das erschien Jessi doch eher ungewöhnlich.

»Komm, wir gehen rüber und sprechen sie an.«

»Spinnst du? Was sollen wir denn sagen?« Jessi fühlte sich nicht wohl in ihren Klamotten. Sie zupfte an ihrem verwaschenen Hoodie herum und wünschte, sie hätte nicht die gebatikte Jeans angezogen.

»Und was bringt es, hier rumzustehen?«, fragte Daniel.

Das stimmte auch wieder. Sie zuckte die Schultern und gab ihm ein Zeichen, dass er vorgehen sollte.

Daniel hielt direkt auf den Tisch zu und wurde augenblicklich von einem der Jungs entdeckt, der seinen Nachbarn anstieß. Sogleich richteten sich alle in ihren Stühlen auf, als müssten sie sich gegen irgendetwas wappnen.

Kim musterte Jessi von oben bis unten und grinste schräg. Dann wandte sie sich der Clique zu, hob die gestreckte Hand zu einem angedeuteten Militärgruß und schlug die Hacken zusammen. »Ich verzieh mich. Schönen Tag noch«, flötete sie und tippelte in Richtung Ausgang. Als sie auf Jessis Höhe war, hob sie vielsagend die Augenbrauen und raunte ihr zu: »Dir ganz besonders!« Sie formte ein geräuschloses »heiß« mit ihren Lippen.

Jessi spürte, wie sie zornig wurde. Was dachte sich diese falsche Tussi eigentlich? Sie suchte nach einer passenden Erwiderung, aber nichts wollte ihr einfallen. Verflucht.

Plötzlich spürte sie, dass Daniel seine Hand in ihre schob und sie die letzten Meter mit sich zog. Als sie am Tisch angekommen waren, drückte er ihre Hand kräftig, wohl um ihr Mut zu machen. Er ahnte nicht, wie sehr sie den gerade brauchte. Wobei seine Geste sie gleichzeitig irritierte. Seine Wärme.

Einer der Jungs drehte seinen Stuhl in ihre Richtung und musterte sie abschätzig. Sofort ließ Jessi Daniel los und verschränkte stattdessen ihre Arme vor der Brust. Was für eine eingebildete Truppe! Sie verstand absolut nicht, was Nova von denen wollte, und der Gedanke, dass sie nie freiwillig mit denen gegangen wäre, kam ihr in den Sinn. Andererseits war Nova auch mit Kim klargekommen. Sie schob ihren Hut mehr in die Stirn und stellte sich breitbeinig hin. Kleinmachen ließ sie sich von denen jedenfalls nicht.

»Lange nicht gesehen«, begann Daniel das Gespräch.

Tobi kratzte sich verlegen den Nacken.

»Kennen wir dich?«, fragte der Typ mit der Sonnenbrille, der gerade die Hollister-Tüte unter dem Tisch verschwinden ließ.

»Ich bin Daniel. Tobi kennt mich. Von der Party bei Frederik. Aber vermutlich hat er mich genauso vergessen wie Nova«, sagte Daniel provokativ.

Die Sonnenbrille wandte Daniel das Gesicht zu, aber durch die Verspiegelung konnte man seine Augen nicht erkennen. Sein Gesichtsausdruck blieb arrogant, als er fragte: »Nova? Müsste die uns was sagen?«

Tobi begann zu schwitzen und wischte sich über die Stirn, er schaute zu Boden und schwieg weiter beharrlich.

»Tobi schon. Und diesem Kumpel hier.« Daniel legte dem Jungen, der mit dem Rücken zu ihm saß, die Hände auf die Schultern. »Sebastian kennt sie auch. Sie haben mich zu Hilfe gerufen. Kurz bevor sie einen Herzstillstand hatte.«

Der Lockenkopf zog energisch seine Schultern unter Daniels Händen heraus und drehte sich wütend um.

»Nun mal nicht so dramatisch«, meinte der mit der Sonnenbrille. »Tot ist sie ja wohl nicht, oder?« Er lachte und auch die anderen grinsten halbherzig.

»Das nicht. Aber sie liegt im Koma seit jener Nacht und keiner weiß, ob sie je wieder wach wird«, knurrte Jessi.

Tobi erwachte plötzlich aus seiner Starre und

schaute Jessi entsetzt an. Die Sonnenbrille hob den Finger, als wolle er Tobi wie einen Hund in die Ecke verweisen und antwortete mit gespielter Erschütterung: »Wie bedauerlich. Ein so junges Ding.« Er zog die Sonnenbrille ein Stück herunter und zwinkerte Jessi zu. »Und so hübsch.« Er schob die Sonnenbrille wieder zurück und nahm einen großen Schluck aus seinem Glas.

»Aber wie gesagt. Wir kennen das Mädchen nicht. Wir waren zufällig da. Auf der Party. Wie du ja wohl auch, oder?« Er wandte sein Gesicht wieder Daniel zu, doch erneut ließen die Gläser keinen Rückschluss auf seinen Blick zu.

Jessi sah, wie Daniel die Zähne fest zusammenbiss. Er kochte genauso vor Wut wie sie selbst. »Vielleicht will Tobi ja auch mal was dazu sagen«, machte Daniel einen weiteren Versuch. »Oder Sebastian. Erzählt doch mal, was los war, bevor Nova ins Koma gefallen ist. Irgendetwas muss ja passiert sein.«

Der Anführer meldete sich wieder zu Wort. »Das wollen sie nicht, wie du siehst. Also, wenn ihr nichts dagegen habt, dann würden wir jetzt gerne unser Bier in Ruhe weitertrinken. Setzt euch doch dazu, wenn ihr wollt.« Er wies ihnen großzügig mit der Hand einen Platz zu. »Aber ihr habt sicher was anderes vor, oder? Schließlich seid ihr ja bestimmt nicht wegen uns hierhergekommen. Und wir wollen das junge Glück keinesfalls stören.« Er lächelte ein eisiges Lächeln und entblößte dabei seine Zähne.

Jessi ballte die Fäuste und wünschte sich, sie wäre ein Kerl. Zu gerne hätte sie diesen Lackaffen am Kragen gepackt, ihm die verdammte Brille heruntergerissen, um zu schauen, wie dann sein Gesicht aussehen würde.

»Wir sehen uns noch«, sagte Daniel in Richtung von Tobi und zog Jessi hinter sich her. Sie geriet ins Stolpern und hörte das unangenehme Lachen des Anführers. Gleichzeitig spürte sie, dass er ihr gerade auf den Hintern glotzte und irgendwelche schlüpfrigen Kommentare abließ. Froh, dass Daniel sie von hier wegbrachte, ließ sie sich mitziehen.

Dieser Kerl war einfach nur widerlich. Sie schüttelte sich. Hoffentlich hatte Nova wirklich nichts mit ihm zu tun gehabt. Dennoch: Die Stimme kam ihr bekannt vor. In der Eile hatte sie Novas Handy daheim vergessen. Aber sie hätte schwören können, dass es dieselbe war wie auf dem Video. »*Niemals. Das traust du dich nicht!*«

21

Jessi stand stocksteif auf der Rolltreppe nach unten. Sie zitterte immer noch.

»Ich hab keine Ahnung, auf wen ich wütender bin: auf diese Typen, mit ihrem arroganten Gelabere, denen einfach alles egal ist. Auf mich, weil ich meinen Mund nicht aufbekommen habe. Oder auf diese verdammte Situation. Ich hasse es, wenn ich so hilflos bin. Argh!« Sie schlug fest mit der Faust auf den Gummihandlauf.

»Ich weiß, was du meinst. Aber das bringt nichts. Du änderst diese Typen nicht.«

Jessi wollte gerade antworten, als ihre Aufmerksamkeit abgelenkt wurde. Sie deutete auf die andere Seite. »Schau mal, da im Aufzug!«

Daniel drehte sich schnell um und sah gerade noch Frederiks feixendes Gesicht.

»Die kennen sich also alle nicht. Interessant«, brummte er. »Wir sollten dem feinen Herrn wohl noch mal einen Besuch abstatten, oder? Aber nicht heute. Solange die im Rudel unterwegs sind, können wir nichts gegen sie ausrichten. Besser schnappen wir uns die einzeln. Was hältst du davon, wenn du mit zu mir kommst? Ich mache uns was zu essen. Und danach überlegen wir, wie wir am besten vorgehen.«

»Sollten wir denen nicht besser unauffällig folgen? Rausfinden, wo die wohnen und so?«, fragte Jessi.

»Mit dem Ding?« Daniel zeigte auf den Rucksack und die Gitarre. »Da wird unauffällig zur Herausforderung.«

Jetzt musste selbst Jessi lachen. Das tut sie viel zu selten, dachte Daniel. Und gleich wurde ihr Gesichtsausdruck wieder ernst.

Wenn sie die Clique weiter hätte beobachten wollen, wäre er bei ihr geblieben. Ihm wäre nicht wohl dabei gewesen, das Mädchen alleine in der Nähe dieser Typen zu wissen. Jessi würde sich mit ihrer Wut im Bauch womöglich in Gefahr bringen.

»Einverstanden«, sagte sie schließlich. »Kochst du gut?«

»Hey«, er knuffte sie in die Seite. »Keine Ansprüche, bitte! Ein paar Nudeln kann doch jeder in den Topf hauen. Und dann schauen wir mal, was noch im Kühlschrank ist.«

Sie stiegen an der Haltestelle Bornheim Mitte aus, nachdem sie schweigend in der U-Bahn nebeneinandergesessen hatten und jeder in Gedanken das Gespräch mit der Clique noch mal durchgegangen war.

Es waren nur knappe fünf Minuten von der Haltestelle aus, um zu Daniels Wohnung zu kommen, die in einem Altbau unter dem Dach lag. Jessi betrachtete interessiert die Schaufenster der Geschäfte, Kneipen und Imbissbuden, bis sie angekommen waren.

»Ganz nach oben«, sagte er, nachdem er die Tür aufgeschlossen hatte. »Vierter Stock. Leider ohne Aufzug.« Er zuckte bedauernd mit den Schultern. »Das und die üble Unordnung sind die einzigen Nachteile der Wohnung.«

Jessi nahm immer zwei Stufen auf einmal, so als wollte sie ihm beweisen, wie fit sie war.

Er tat es ihr gleich und war dankbar für die kurze Sporteinlage. Das Training hatte er in dieser Woche einmal ausfallen lassen.

Oben angekommen, waren sie beide außer Atem, aber die Anspannung aus dem Einkaufszentrum war verschwunden. Daniel schloss auf. »Komm rein und mach's dir gemütlich. Es gibt nur diese zwei Stühle oder du nimmst das Bett.«

Jessi zögerte.

»Es ist bequem. Zum Sitzen, meine ich.«

Sie blieb immer noch draußen.

»Im Flur serviere ich nicht, Jessi. Nur damit das klar ist.«

Daniel stellte den Gitarrenkoffer hinter die Tür und seinen Rucksack direkt daneben. Jessi hatte sich immer noch nicht bewegt. Daniel betrachtete das Zimmer und versuchte, es durch ihre Augen zu sehen. Rasch räumte er ein altes Shirt vom Stuhl und warf es in seinen Kleiderschrank, in dem er auch seine dreckige Wäsche aufbewahrte. Er hoffte, dass sie den Haufen nicht gesehen hatte und schloss den Schrank schnell, damit der leicht muffige Geruch nicht herausdrang. Aber etwas anderes hatte ihre Aufmerksamkeit erregt. Jessi zeigte mit dem Finger auf seinen Brustschutz.

»Was ist das?«

»Meine Schutzkleidung. Ich spiele bei Frankfurt Universe.«

Sie legte ihre Stirn in Falten und blickte ihn fragend an.

»American Football. Na ja, sagen wir besser, ich habe gespielt. Seit ich im Krankenhaus arbeite, verpasse ich das Training öfter als mitzumachen. Aber ich muss eben auch Geld verdienen. Da geht nicht alles.«

»Und ich dachte, du bist der Terminator«, sagte sie und kam endlich lachend herein. »Cooles Teil. Darf ich mal?«

»Klar.« Er holte einen Topf aus dem Küchenschrank und ließ ihn voll Wasser laufen. Jessi betrachtete alles ganz genau, warf schließlich ihren Hut ab und hob den Helm auf.

»Mit dem würde ich bei den Kerlen doch voll Eindruck machen, oder?«

Daniel musste unwillkürlich lachen. »Stimmt. Aber mit einem Chearleaderdress und Puscheln vermutlich mehr.«

Jessi setzte den Helm auf und stieß ihn spielerisch mit der Schulter an. »Pass bloß auf, was du sagst. Ich bin gefährlich.«

Wieder musste Daniel lachen. Noch nie hatte er mit Jessi einfach rumgeflachst. Wenn er darüber nachdachte, eigentlich noch nie mit einem Mädchen. Sie verhielt sich so gar nicht typisch, was wohl der Grund dafür war, dass er sie in sein Reich mitgenommen hatte.

Es war ein wenig wie mit seiner Schwester. Irgendwie vertraut. Rasch machte er sich daran, im Kühlschrank nach etwas zu suchen, das er zu den Nudeln kochen könnte und schluckte den Klos im Hals herunter.

»Was ist los? Jetzt siehst du aus, als hättest du einen Geist gesehen.« Jessi hörte sofort auf mit den Albernheiten und legte den Helm zur Seite.

Zum Glück hatte sie keine Ahnung, wie sehr sie mit ihrer Bemerkung ins Schwarze getroffen hatte. »Später«, antwortete er knapp. Endlich fand er im Gefrierfach einen Beutel mit einem Rest Tiefkühlerbsen. »Magst du die?«

»Gerne. Kann ich was helfen?«

»Passt schon.« Daniel spürte, dass die gute Stimmung plötzlich wie weggeblasen war. Vielleicht besser so, denn er wusste, dass Jessi nicht erfreut über das wäre, was er heute im Krankenhaus erfahren hatte. Aber das würde er ihr erst nach dem Essen erzählen.

Sie hatte es sich auf einem der Stühle bequem gemacht und ließ ihren Blick durch seine Ein-ZimmerWohnung wandern.

»Muss cool sein, alleine zu wohnen.«

»Wohnst du noch bei deinen Eltern?«

»Ja. In Ginnheim. Werde ich wohl auch noch 'ne Weile machen müssen. Solange ich für die Ausbildung spare, kann ich mir keine eigene Wohnung leisten. Und sie würden mich auch nicht ausziehen lassen, bevor ich nicht volljährig bin.«

»Echt?« Daniel holte eine Zwiebel aus einem Topf und begann, sie zu schälen.

»Sie machen sich immer Sorgen«, seufzte Jessi.

»Zu Recht.« Er versuchte die Luft anzuhalten, aber schon tränten ihm die Augen.

»Jetzt fang du nicht auch noch an. Natürlich sind mir meine Eltern tausendmal lieber als die von Nova. Aber sie behalten mich ständig im Auge. Ein bisschen mehr Vertrauen wäre schon schön.«

»Und dann?« Er schaute Jessi durch den Tränenschleier an. »Du siehst doch, was Nova passiert ist.«

Jessi nickte und musterte dabei das Konzertposter von Coldplay, offensichtlich Daniels Lieblingsband. Mit einem Mal stand sie auf und stemmte die Arme in die Seite.

»Was tue ich hier eigentlich? Meine beste Freundin liegt im Koma, wird vielleicht nie wieder wach, und ich? Ich habe nichts Besseres zu tun, als hier rumzuhängen und zu essen. Ich bin eine lausige Freundin.«

Sie stand mitten im Zimmer und ließ die Arme hängen. Daniel blieb ruhig, er hatte das Gefühl, dass noch nicht alles gesagt war.

Voller Wut stampfte sie einmal auf. »Dabei bin ich sicher, dass ich die Stimme von diesem Typen mit der Sonnenbrille kannte. Nur weiß ich nicht mehr, woher. Aber statt dem auf den Grund zu gehen, nach Hause zu laufen und mir das Video noch einmal anzusehen, hänge ich mit dir hier ab. Das ist doch einfach das Letzte!«

Daniel schob die Zwiebeln in das heiße Fett und begann Parmesan zu reiben. Jessi schaute ihn an, stand irgendwie verloren mitten im Raum.

Er kannte diese Gefühle. Wie Wellen überfluteten sie einen plötzlich. Man wusste nicht warum und war einfach machtlos gegen diese wechselhaften Stimmungen.

»Wäre ich doch nur auf diese Party mitgegangen. Dann wäre das niemals passiert. Sie hätte sich nie so aufgeführt, sich nicht selbst in Gefahr gebracht. Und wäre jetzt hier bei mir.« Jessis Augen füllten sich mit Tränen. »Sie war immer die perfekte Freundin für mich. Ich konnte bei ihr schlafen, wenn meine Eltern rumgespießert haben und mich nicht weggehen ließen. Alles hat sie für mich getan. Und dann bittet sie mich ein Mal, dass ich mit ihr gehe, und ich, was tue ich? Ich zicke rum, weil ich eifersüchtig auf diese Kim bin. Verdammt. Ich bin echt so scheiße!«

»Jessi, ich verstehe, dass du dich mies fühlst. Aber du bist nicht verantwortlich für das, was passiert ist. Du bist genauso ein Opfer dieses Abends wie Nova. Du fühlst dich hilflos, weil du ihr nicht helfen kannst. Und weil du sie vermisst. Trotzdem: Du bist nicht schuld an dem, was deiner Freundin zugestoßen ist. Du hast nichts falsch gemacht.«

Daniel sah sie an und war erstaunt, wie ihre Augen funkelten.

»Ach nein? Bin ich nicht? Woher willst ausgerechnet du das wissen? Du kennst sie doch gar nicht! Und mich genauso wenig. Überhaupt: Wieso treibst du dich eigentlich ständig bei ihr rum? Bist du so ein komischer Typ, der auf hilflose Weiber steht? Einer, der sich selbst besser fühlt, wenn er sich mit schwächeren Menschen umgibt? Gibt dir das einen Kick?«

Daniel zuckte zurück. Er hatte sich den Finger an der scharfkantigen Reibe geschnitten. Er lutschte das Blut ab, saugte an der oberflächlichen Wunde und zählte langsam bis zehn, bevor er antwortete.
»Das glaubst du?«
»Was denn sonst? Was soll ich deiner Meinung nach denken? Du hängst ständig bei Nova rum. Jedes Mal, wenn ich bei ihr bin, kreuzt du auf. Oder willst du mir erzählen, du hättest dich in sie verliebt? Hm? Sag schon!«
Daniel sah Jessi direkt in ihre Augen. Er wusste, dass es falsch war, was er gleich sagen würde. Dennoch konnte er sich nicht zurückhalten: »Statt mir solche Sachen zu unterstellen, solltest du lieber mal darüber nachdenken, ob du deine Freundin wirklich so gut kennst, wie du glaubst.«
»Lenk jetzt nicht ab, hörst du! Es geht gerade um dich. Sie ...«
»Sie hat Drogen genommen auf der Party. Ecstasy.« Er ließ sich absichtlich Zeit, bevor er fortfuhr. »Tja, wie hast du gesagt? Sie wollte Spaß. Den hatte sie hoffentlich davor, damit es das wert war.«
Jessi stand vor ihm und wirkte, als hätte man ihr einen Schlag in den Magen versetzt. Mit bebender Stimme fragte sie: »Das sagst du jetzt nur so, oder?«
»Nein. Ich weiß es aus dem Krankenhaus.«

»Dann wäre doch längst die Polizei eingeschaltet worden.«

»Wieso? Was hat das damit zu tun?«

»Na, das Krankenhaus würde das doch melden. Drogenmissbrauch, keine Ahnung.«

»Du vergisst, dass die Ärzte der Schweigepflicht unterliegen. Nur Jessis Eltern wissen Bescheid. Aber die werden wohl nichts unternehmen. Sie wollen das lieber unter den Teppich kehren.«

»Ich glaub das einfach nicht. Das würde sie nie tun. Nicht Nova. Wenn sie sich verteidigen könnte, sie würde Gift und Galle spucken, dessen bin ich ganz sicher.«

»Jessi, denk doch nach. Du hast selbst gesehen, dass Geld in ihrem Portemonnaie fehlt. Eine Menge Geld. Da liegt der Verdacht ja wohl nahe …«

Jessis Unterlippe begann zu zittern und sie schaute irgendwo an ihm vorbei ins Leere. Dann nahm sie ihren Hut und stürzte ohne ein Wort zur Tür hinaus.

Verdammt. Er war ein solcher Vollidiot! Das hatte er ja wohl komplett vermasselt! Frustriert schob er die Pfanne von der Platte. Die Lust auf Essen war ihm gründlich vergangen.

Schön und gut, sie hatte ihn zum zweiten Mal beschimpft und verdächtigt.

Aber das war kein Grund so auszuflippen und ihre Freundin auch noch runterzumachen. Wen wunderte ihr Misstrauen? Sie spürte, dass auch er etwas verschwieg.

Seine Geschichte.

22

Jessi hastete die Straße hinunter in Richtung Stadt. Sie nahm nichts um sich herum wahr. Wollte nur weg. Weit weg. Vor allem weg von Daniel. Von den Dingen, die er gesagt hatte.

So ein Idiot! Nova und Drogen. Niemals! Er kannte sie einfach nicht! Sonst würde er nie solche Behauptungen aufstellen! Das musste ein Irrtum sein.

Jessi sah auf die Uhr. Es war vielleicht eine Dreiviertelstunde vergangen, seit sie von der Zeil-Galerie weggefahren waren. Sie begann zu rennen, hatte keine Ahnung, wie lange sie von hier aus brauchen würde.

Seitenstiche und die vielen Fußgänger auf der Berger Straße brachten sie schließlich doch dazu, ihren Lauf zu verlangsamen. Keuchend ging sie weiter in Richtung Innenstadt.

Ihre Gedanken fuhren Achterbahn. Vielleicht

hätte sie Daniel doch nicht so anfahren dürfen? Sie zögerte kurz, drehte sich um und sah die Straße hinauf. Sollte sie zurückgehen und alles erklären? Andererseits ... manchmal benahm Daniel sich wirklich seltsam. So, als ob er ihr etwas Wichtiges verheimlichen würde. Jessi schüttelte sich. Nein, kein Zurück jetzt. Diese Sache musste sie allein durchziehen, das war sie Nova schuldig. Denn mit dieser Clique im Einkaufszentrum stimmte irgendwas überhaupt nicht. Die hatten auf jeden Fall etwas zu verbergen. Warum hatte der Anführer mit der Sonnenbrille nicht einfach Tobi reden lassen? Und warum war der so ein Duckmäuser? Immerhin hatte er doch an dem Abend Hilfe geholt. Allzu schüchtern konnte er nicht sein. Was also wollte er jetzt unter den Teppich kehren?

Wieder verfiel sie in einen leichten Trab. Sie würde einfach auf die Zeil zurückkehren und sich dort auf eine der Bänke setzen, von der aus sie den Eingang beobachten könnte. Dort würde sie warten und hoffen, dass dieser Tobi noch nicht gegangen war. Und wenn sie Glück hatte, konnte sie ihm dann unbemerkt folgen.

Sie eilte weiter. Ihr Vorhaben beflügelte sie so sehr, dass sie das Stechen unter den Rippen nicht mehr spürte. Es fühlte sich gut an, einen Plan zu haben.

Wieder dachte sie über die vergangenen Stunden nach. Kim und die Clique. Diese falsche Schlange. Hatte sie nicht vorgegeben, die Jungs nicht zu kennen? Andererseits konnte sie ihnen durchaus erst nach dem Abend begegnet sein. Die Party war ja offenbar einfach weitergegangen, nachdem Nova von den Sanitätern ins Krankenhaus gebracht worden war.

Dieser Magnus. Ein unangenehmer Typ. Immer noch überlegte Jessi, wieso ihr seine Stimme so bekannt vorgekommen war. Sie kam einfach nicht darauf. Vermutlich war es eine Täuschung. Oder er war tatsächlich derjenige, der das Video gedreht hatte. Sie musste das unbedingt zu Hause überprüfen! Aber Nova hätte sich doch nie im Leben mit einem wie dem abgegeben. Und immerhin war der Film mit Novas Handy gedreht worden. Sie hoffte beinahe, dass er es nicht war. Allein die Vorstellung, dieser Typ könnte Nova angegrapscht haben, verursachte ihr Übelkeit.

Abrupt bremste sie ab. Verdammt! War Nova überhaupt untersucht worden? Hatte IRGENDJEMAND im Krankenhaus daran gedacht? An Vergewaltigung? Das würde sie diesem sonnenbebrillten Arsch sofort zutrauen. Der Typ war es bestimmt gewohnt, sich zu nehmen, was er wollte.

Plötzlich machte alles einen Sinn: Natürlich! Die hatten Nova K.-o.-Tropfen gegeben, bevor sie sie in den Garten geschleppt hatten, um ...

Warum war sie nicht gleich darauf gekommen? Deshalb hatte sie dieses Zeug im Blut.

Jessi zückte ihr Handy und drückte die Kurzwahl. Doch bevor der Anruf durchging, schaltete sie das Gerät wieder aus und schob es zurück in die Tasche ihrer Jeans.

Nein, sie brauchte Daniel nicht. Sie schaffte das allein. Sie würde die Typen finden und so lange verfolgen, bis sie etwas gegen sie in der Hand hätte.

Daniel ...

Jessi wusste einfach nicht, was sie über ihn denken sollte. Sie kannte ihn erst wenige Tage und hatte ihm bedenkenlos vertraut. Aber warum? Alle spielten hier ein falsches Spiel. Vielleicht auch er? Die Art, wie er Nova immer ansah ...

Jessi stand vor der Galerie und sah nach oben zur Dachterrasse. Sie wippte unruhig mit den Füßen und schaute zu dem Platz, auf dem Daniel sonst immer spielte. Auf einmal fühlte sie sich unsicher und alleine.

Sie holte ihr Handy raus, überprüfte ihre Nachrichten. Nichts. Resolut stopfte sie es wieder weg. Wenn Daniel sich jetzt noch nicht gemeldet hatte, was hieß das? Jedenfalls nicht, dass er irgendetwas bereute.

Sie schrieb eine WhatsApp-Nachricht. Nur ein kurzes »Sorry«. Doch sie zögerte, die Nachricht abzusenden.

Nein, schimpfte sie sich. Du machst dich jetzt nicht klein. Du gehst da hoch und schaust nach, ob die noch da sind. Dann wartest du und basta. Entschlossen löschte sie die Nachricht wieder.

Sie fuhr mit dem Aufzug nach oben. Auf der Rolltreppe war die Gefahr größer, dass sie sie entdeckten, wenn sie runterkamen. Im letzten Stockwerk angekommen, schlüpfte sie rasch in die Ecke, von der aus sie auch mit Daniel die Clique beobachtet hatte. Sie hatte Glück. Sie waren noch da. Doch an Tobis Platz saß jetzt Frederik. Verdammt. Ausgerechnet dieser Tobi war verschwunden. Sie musste sich überlegen, was sie nun machen sollte. Vorsichtig schlich sie rückwärts, eilte zur Rolltreppe und fuhr eine Ebene weiter runter. Dort ging sie kurzerhand in einen Poster-Shop. Was sollte sie jetzt nur tun? Ihren Plan konnte sie erst mal vergessen.

»Stehst du auf solche Bilder?« Eine Stimme hinter ihrem Rücken ließ sie zusammenfahren.

»Bitte, was?!« Erschrocken sah sie erst Frederik an, dann die Poster, die vor ihr hingen. Sie zeigten langhaarige Frauen in altmodischen Kleidern, die Dornenkränze trugen und riesigen Gothic-Schmuck, im Hintergrund Wälder und Friedhöfe. Eine morbide düstere Stimmung ging von diesen Motiven aus. Wer hängte sich so was in seiner Wohnung auf?

»Mir war so, als hätte ich dich gesehen. Und siehe da, ich hatte recht!« Er grinste. »So ein Gesicht vergisst man nicht«, fügte er hinzu und ließ seinen Blick zu ihrem Ausschnitt wandern.

»Und jetzt hast du es gesehen. Sonst noch was? Ich suche ein Geschenk für eine Freundin.«

Sie schaute sich um zwischen den Filmpostern und Badeenten und ärgerte sich über diese fadenscheinige Ausrede. Aber Frederik schien das gar nicht zu bemerken, er trat einen Schritt näher an sie heran und fragte: »Heute ohne Prinz Charming unterwegs?«

»Was geht dich das an?« Sie schob ihn aus dem Weg und ging Richtung Kasse, wo ein Mädchen Kaugummi kauend auf einem Hocker saß und gelangweilt die Menschen im Gang beobachtete.

»Hast du nichts zu tun?« Sie setzte ein genervtes Gesicht auf und hoffte, dass er endlich verstand, dass er abhauen sollte.

»Mir würde eine Menge einfallen ...« Er zwinkerte ihr zu. »Aber scheinbar habe ich da etwas missverstanden. Ich dachte, wo du ohne deinen Freund ...«

»Er ist nicht mein Freund!«, herrschte sie ihn an. Das Mädchen an der Kasse schaute jetzt neugierig zu ihnen.

»Und wieso bist du dann zurückgekommen?«

Jetzt war es an Jessi, erstaunt zu schauen.

»Tu bloß nicht so. Du warst doch vorhin schon

einmal hier in der Galerie. Und erzähl mir jetzt keinen Blödsinn, von wegen du hättest mich nicht gesehen. Du bist mir genauso mit deinen Blicken gefolgt wie ich dir. Dann kommst du wieder zurück, ohne Daniel wohlgemerkt, und drückst dich wieder da oben hinter diesem Blumentopf herum. Ich hab halt gedacht, du traust dich nicht an unseren Tisch.«

Jessi schaute zu Boden.

In den alten Filmen fielen die Frauen in solchen Situationen immer in Ohnmacht. Dann hatten sie noch ein bisschen Zeit, sich etwas Schlaues zu überlegen.

»Und neulich, da hast du mir auch hinter seinem Rücken noch gewinkt.«

Frederik klang wie ein kleiner Junge, dem seine Mama seinen Lieblingslutscher nicht kaufen wollte. Jessi zögerte kurz. Dann beschloss sie, seinen Irrtum für ihre Zwecke auszunutzen.

»Erwischt«, flüsterte sie.

Frederik kniff die Augen zusammen und blickte sie prüfend an.

»Ich hab gedacht, Typen wie du können mit mir nichts anfangen. Deshalb bin ich nicht an euren Tisch gekommen«, murmelte sie leise und sah ihn schief von unten an.

Er hielt den Kopf jetzt gerade, schien aber immer noch zu überlegen, welche ihrer Reaktionen die echte war.

»Die anderen, die haben übelst viel Kohle, oder?«, setzte sie nach. »Bei Hollister einkaufen und so. Da fühle ich mich mit meinen Klamotten einfach total daneben.«

Sie klimperte mit den Wimpern, so als würde sie gleich anfangen zu heulen. Dann drehte sie sich zu einem Regal und gab vor, weiter nach etwas zu suchen. Jetzt musste er doch anbeißen.

Aber er schaute sie weiter skeptisch an. Glücklicherweise kam ihr das Mädchen an der Kasse zu Hilfe, die ihm den hochgestreckten Daumen hinhielt. Frederik nickte ihr zu und trat dann näher an Jessi heran.

»Hättest du denn Lust, oben noch was mit mir zu trinken, wenn du deine Einkäufe erledigt hast? Ich lade dich auch ein, okay?«

Sie bejahte. »Oben nicht. Deine Freunde ... Ich weiß nicht.«

»Alles klar. Dann woanders?«

Jessi nickte.

»Kennst du den Coffeshop nebenan, bei MyZeil? Ich gehe gerade noch mal hoch, sage den Jungs Bescheid und dann treffen wir uns dort?«

Sie hoffte, ihr Lächeln wirkte echt genug.

»Und keine Angst: Bei dir schaut keiner auf die Klamotten. Bis gleich!« Mit einem vielsagenden Zwinkern und einem eindeutigen Blick auf ihre Brüste ging Frederik nach oben.

Jessi stieß hörbar Luft aus. Sie war froh, dass

er ihre zitternde Hand nicht gesehen hatte, und trat mit einer Postkarte zur Kasse.

»Die brauchst du nicht kaufen«, sagte die Verkäuferin. »Krall dir lieber den Typen. Das ist doch 'ne gute Partie. Und ganz niedlich ist er auch.«

Jessi nickte erleichtert und räumte die Karte wieder in den Ständer.

»Viel Glück!«, rief das Mädchen.

Wenn die wüsste. »Das kann ich echt brauchen«, murmelte Jessi vor sich hin.

23

Jessi fuhr mit der Rolltreppe durch das Einkaufszentrum, hielt noch einmal bei einem Laden an, nahm ein Shirt vom Ständer und ging damit in die Umkleidekabine. Dort ließ sie sich gegen die Wand sinken und hängte sich frustriert das Kleidungsstück über den Kopf.

Was hatte sie sich nur dabei gedacht? Obwohl es sicher der beste Weg war, herauszufinden, was diese Kerle zu verbergen hatten, wusste sie nicht, wie sie den Mut aufbringen sollte, lässig mit Frederik zu flirten. Was, wenn er mehr wollte, sie küssen würde? Igitt! Wäre doch nur Daniel bei ihr!

Unvermittelt wallte der Zorn wieder in ihr hoch: Er hatte bei der Clique nichts erreicht und dann auch noch Nova diesen Mist unterstellt. Drogen?! So ein Schwachsinn. Eigentlich war es Daniels Schuld, dass sie sich jetzt in dieser bescheuerten Situation befand. Egal. Sie brauchte ihn nicht. Das hier würde sie auch ohne ihn schaffen.

Sie zerrte das Shirt von ihrem Kopf und schaute sich im Spiegel an. Dann zog sie noch einmal den Lippenstift nach und besserte ihren Lidstrich aus. Zuletzt rückte sie ihren Hut zurecht und trat dann entschlossen aus der Kabine.

Sie nahm erneut die Rolltreppen, um noch ein paar Minuten zu gewinnen. Außerdem wollte sie Frederik ein wenig warten lassen. Wenn er überhaupt schon dort war und nicht grinsend oben mit seinen Freunden über seinen tollen Fang schwafelte. So jedenfalls schätzte sie ihn ein. Er war ein vollkommen anderer Typ als Daniel.

Voller Hoffnung fischte sie ihr Handy aus der Tasche und drückte es an – vielleicht war mittlerweile doch eine WhatsApp-Nachricht von Daniel gekommen. Fehlanzeige. Jessi seufzte. Vermutlich war er sauer, weil sie einfach abgehauen war. Aber was hatte er nach diesen bescheuerten Anschuldigungen erwartet? Alles war so furchtbar kompliziert ...

Sie ging weiter die Zeil hinauf und musterte die gläsernen Fassaden. Ihr Herz schlug wie wild, aber es gab jetzt kein Zurück mehr: Sie würde den Stier bei den Hörnern packen!

Im vierten Geschoss bog sie in den kleinen Laden und sah, dass Frederik schon an einem Tisch

Platz genommen hatte. Drei Cupcakes standen vor ihm und er winkte ihr freundlich zu. Sie biss fest die Zähne zusammen und ließ sich munter auf einen Stuhl gegenüber fallen.

»Ich dachte, ich kaufe uns einen Versöhnungskuchen. Aber ich hatte keine Ahnung, was du magst. Deshalb voilà: Himbeer, Schokolade, Vanille. Ich hoffe, einer davon passt, sonst hole ich, was immer dir schmeckt.«

Schon niedlich, dachte Jessi. So grauenhaft, wie sie geglaubt hatte, war er gar nicht. Er redete plötzlich auch nicht mehr so seltsam.

»Prima so. Ich nehme den mit Vanille.«

»Einen Latte dazu?«

»Cappuccino.«

»Kommt sofort!« Er sprang auf, holte die zwei Getränke und brachte auch eine große Flasche Wasser mit. Aber sie war nicht hergekommen, um Küchlein zu essen, ermahnte sie sich. Sie wollte etwas herausfinden.

»Ich dachte, du kennst die nicht«, sagte Jessi und bemühte sich um einen belanglosen Ton.

»Wen?« Frederik schüttete sich ein Glas ein und trank es in einem Zug leer.

»Tu nicht so. Die Clique. Tobi.«

»Ich kenne die auch nicht.«

»Aber triffst dich mit ihnen, hm? Und nennst sie ›die Jungs‹. Aber du kennst sie nicht. Schon klar.«

Frederik schob sich seinen Cupcake komplett in den Rachen. Beim Kauen lief ihm ein wenig braune Spucke zwischen den Lippen herunter, was er nicht zu bemerken schien. *Hoffentlich antwortet der jetzt nicht mit vollem Mund*, dachte Jessi angewidert.

Sie konnte nicht anders und hielt ihm eine Serviette hin.

»Ich kenne nur einen von denen. Und auch den nur flüchtig. Wir hatten noch was zu klären. Der Rest ist auf meiner Schule, wir sind in ein paar Kursen. Aber dicke bin ich mit denen nicht. Nur flüchtig, wie man sich im Jahrgang eben kennt.«

Seine Antwort klang ehrlich und er hatte ihr dabei die ganze Zeit in die Augen geschaut. Verdammt. Sie hatte sich für so clever gehalten und war wieder in einer Sackgasse gelandet.

»Wieso fragt ihr eigentlich beide ständig nach der Clique? Ist Daniel etwa 'ne Schwuchtel? Will der was von den Jungs?« Er lachte affektiert und trank erneut ein ganzes Glas leer.

»Nicht, dass ich wüsste«, sagte sie wütend und verschränkte die Arme vor der Brust. »Na hör mal, Nova ist meine beste Freundin. Und die liegt im Koma. Da interessiert mich halt, mit welchen Typen sie auf der Party zusammen war.«

»Oh, mit einer ganzen Menge, würde ich sagen. Sie und Kim haben die Meute ganz schön aufgemischt.« Er wischte sich mit der Serviette über die Stirn. »Ist es hier so heiß oder finde ich das nur?«

Jessi überging seine Frage. Sie fühlte, wie sich ihr die Nackenhaare aufstellten. »Wie meinst du das? Aufgemischt?«

»Na ja, so wie ich es gesagt habe. Es war ja ganz schön was los auf meiner Party, musst du wissen. So ein Typ hat mir erzählt, dass Nova nach einer Wette blankgezogen hat. Und kurz drauf hat Kim auf dem Tisch getanzt. Ich war ziemlich sauer, weil sie ihre hohen Hacken anbehalten hat, als sie auf unserem Esstisch anfing zu strippen. Die Dellen gehen im Leben nicht weg.«

Jessi riss die Augen auf und verschluckte sich. Kim schon wieder. Dieses verdammte Lügenmaul! Warum hatte die das nicht erwähnt? Sie rang mühsam um Beherrschung.

»Und weiter?«, fragte sie und hoffte, dass er nicht bemerkte, wie aufgeregt sie war.

»Nichts weiter. Ich hab sie da runtergeholt, bevor sie sich komplett ausgezogen hat, und dann hat sie rumgeschrien. Die war voll durch den Wind. Hatte irgendwas geschluckt, schätze ich. Ich hab ihr gesagt, sie soll sich verziehen.« Er zuckte die Schultern. »Danach hab ich sie nicht mehr gesehen. Hab mit Daniel das mit der Kohle geregelt. Mann, hat der sich angestellt! Wollte unbedingt Geld sehen, obwohl er ja am Ende nix gemacht hat. Stattdessen hat er sich durchgefressen. Na ja, und dann kam schon der Krankenwagen und ich musste alle Leute wieder ins Haus lotsen. Meine Eltern durften ja keinen Wind von der Party bekommen. Sonst drehen die mir den Geldhahn zu. Und dann könnte ich solche Sahneschnittchen wie dich nicht mehr mit Kuchen verwöhnen. Was verdammt schade wäre.«

Er zwinkerte ihr zu und löffelte den Schaum von seinem Latte Macchiato runter.

»Das war echt scheiße, die Sache mit dem Krankenwagen." Er redete unbeeindruckt weiter und schien nicht zu merken, dass Jessi die Luft anhielt. „Natürlich haben meine Nachbarn das mitbekommen und so. Dann diese Abdrücke auf dem Tisch. Ich hab erzählt, dass ich mit ein paar Leuten aus der Schule gespielt hätte. Was ja auch irgendwie stimmt. Habe irgendeinen Scheißnamen für ein Spiel erfunden. Meine Mutter checkt ja nicht, ob es das wirklich gibt. Dann hat sie mit den Nachbarn geplaudert und ist total ausgerastet, weil ich angeblich ihr Vertrauen missbrauchen würde. So 'n Scheiß halt. Ich konnte 'ne volle Stunde eine Predigt über mich ergehen lassen.«

Sie starrte ihn an, wie er mit vorgeschobener Unterlippe in seinem Kuchen herumstocherte. Erwartete er tatsächlich, dass sie ihn jetzt bedauerte? Angeekelt schob sie den Teller ein Stück von sich weg.

»Und was machen wir jetzt noch mit dem angebrochenen Abend?« Er zwinkerte ihr vielsagend zu. »Essen? In einen Club? Zu dir?«

Sie musste dringend weg. Sie hatte genug gehört. Im Kopf überschlug sie, was Frederik ausgegeben hatte.

»Wie spät ist es denn?«, fragte sie.

»Gleich halb acht, wieso?«

»Echt? Oh, verdammt. Ich muss noch eine Karte zu dem Geschenk besorgen!«

»Ich dachte, wir ...«

Bevor er noch etwas sagen konnte, zückte sie ihren Geldbeutel, warf ihm einen Zehner hin und winkte kindlich.

»Ich muss, du. Man sieht sich.«

Dann eilte sie auf den Ausgang zu, ignorierte seinen Protest und atmete erleichtert auf, als sie mit einem Blick über die Schulter feststellte, dass er ihr nicht folgte.

Sie musste nach Hause und in Ruhe über alles nachdenken. Sie blickte gerade überhaupt nichts mehr. Nur eines: Die Wahrheit sagte scheinbar niemand.

23

Tobi saß am Rand des Brockhaus-Brunnens und starrte auf die grauen Steine zu seinen Füßen. Seine Brust war wie zugeschnürt und er rang nach Luft. Er hatte versucht aufzustehen. Aber er fühlte sich kraftlos, hatte das Gefühl, sich nicht mehr selbstständig bewegen zu können.

Was wäre, wenn alles auffliegen würde? Was, wenn er nicht tat, was Magnus verlangte? Was würde dann passieren?

Immer und immer wieder kreisten diese Fragen in seinem Hirn.

Er spürte abermals die Panik in sich hochsteigen, die ihn seit neulich in dem Hauseingang nicht mehr losließ, und fühlte auch den Schmerz in seinen Genitalien.

In der Nacht hatte er in sein Bett gepinkelt wie ein Kleinkind. Seine Mutter schaute ihn seither sorgenvoll an, vermutete immer noch, er habe sich einen Virus eingefangen. Sie beobachtete ihn und das war nicht gut. Gar nicht. Sie durfte einfach nicht mitbekommen, was los war, sonst wäre der Ofen aus. Deshalb blieb er lieber in der Stadt, trieb sich in irgendwelchen Cafés oder auf der Straße rum.

Er hatte solche Angst. Bleierne, lähmende Angst. Jeden Moment zermarterte er sich den Kopf, hatte keine Nacht mehr durchgeschlafen.

Er war fahrig und rastlos, einfach zu nichts mehr in der Lage. Er hatte mit dem Auto wegfahren wollen, irgendwohin in den Taunus. Laufen, den Kopf frei kriegen. Aber er hatte nicht einmal den Schlüssel ins Zündschloss bekommen. Hatte nur heulend im Wagen gesessen und war eine Stunde später wieder nach oben in die Wohnung gegangen.

Er hatte keine Beweise gegen Sebastian. Oder gegen Magnus. Wenn er auspacken würde, stünde Wort gegen Wort. Felix hatte ihm schon gezeigt, zu wem er hielt, denn woher sonst hätte Magnus gewusst, dass Tobi nicht mehr mitmachen wollte.

Magnus hingegen hatte sich abgesichert. Sicher hatte er das Video, auf dem sie hundert Prozent zu sehen waren, nur aus diesem Grund gedreht. Er war souverän. Immer. Egal, was er tat. Er würde nicht stammeln, nicht schwitzen, sich niemals in die Hose pissen. Magnus war zu clever, als dass jemand ihm irgendetwas anhängen konnte.

Er selbst war nicht so. Er war der absolute Loser, ein Weichei und ein Dummkopf. Er hatte gehofft, durch die Clique zu den Gewinnern zu gehören. Er hatte sich getäuscht. Aus seiner Haut kam man nicht heraus. Im Gegenteil. Mit der Clique hatte er sich reingeritten, richtig tief in die Scheiße.

Morgen war es so weit. *Morgen,* hatte Magnus gesagt.

Irritiert schaute Tobi in Richtung des *Dunkin' Donuts* und glaubte, dort das blonde Mädchen zu sehen, das Daniel am Nachmittag begleitet hatte. Aber so weit weg und in dem dunklen Innenraum konnte er nichts erkennen. Sicher hatte er sich vertan.

Diese Geschichte hatte alles nur noch schlimmer gemacht!

Als die Kleine vorhin erzählte, Nova würde vielleicht nie mehr aus dem Koma aufwachen, hätte er fast auf den Tisch gekotzt. Nachdem die beiden endlich gegangen waren, hatte er es gerade noch zu den Toiletten geschafft und nichts als bittere Gallenflüssigkeit herausgewürgt. Danach war er einfach gegangen. Er konnte nicht wieder zu den anderen. Aber nach Hause konnte er auch nicht.

Es war nur eine Frage der Zeit, bis man ihnen auf die Schliche kam. Die Ärzte würden mit ihren Tests checken, was passiert war. Magnus wollte das nur nicht wahrhaben. Fühlte sich stark und unangreifbar.

»Geht es dir nicht gut?« Er spürte eine Hand auf seiner Schulter, schlug sie instinktiv weg, sprang auf und ballte die Fäuste.

»Hohoho, ganz ruhig« Der andere hielt die Arme in die Höhe, signalisierte, dass er ihn nicht angreifen wollte. »Ich bin's, Daniel.«

Tobi atmete hastig und spürte, wie er am ganzen Körper zu zittern begann. Wo kam der denn jetzt auf einmal her? War er ihm gefolgt? Er musste besser aufpassen, verdammt.

»Ist alles in Ordnung?« Besorgt schaute Daniel ihn an.

»Ja ja. Passt schon. Hab was Falsches gegessen oder so.«

Daniel zog die Augenbrauen zusammen. »Wirklich?«

»Ja. Ich fahr besser heim.«

»Soll ich mitkommen? Du siehst echt nicht gut aus.«

»Nein, nein. Wird schon. Ich hab's auch nicht weit.« Er wollte weggehen, aber Daniel hielt sich neben ihm.

»Sag mal, ich wollte dich noch was fragen. Wegen der Party.«

Tobi beschleunigte seinen Schritt. »Können wir das nicht ein andermal besprechen? Weißt du, so gut geht's mir jetzt auch nicht.«

»Dauert nur 'ne Minute. Ich wollte dich fragen, ob du auch dabei warst, als Nova an dem Abend diese Show abgezogen hat.«

Tobi spürte, wie sein Magen sich wieder verkrampfte.

»Welche Show? Ich hab keine Ahnung, wovon du sprichst«, antwortete er und versuchte, möglichst unbekümmert zu klingen.

Daniel hielt ihn am Arm fest, wollte Tobi im Lauf stoppen.

»Na hör mal. Ich war doch auch dort. Alle haben davon geredet, dass Nova ihre Titten gezeigt hat. Jetzt tu nicht so.«

Tobi bremste abrupt ab und drehte sich um. »Ich hab absolut keine Ahnung, wovon du sprichst, Daniel. Ich habe keine Titten gesehen.« In vertraulichem Ton fügte er hinzu: »Ich hab Hilfe geholt, schon vergessen?«

Daniel verzog keine Miene und jede Freundlichkeit war aus seinem Gesicht gewichen: »Komisch, ich hätte schwören können, dass ich dein Gesicht auf dem Video gesehen habe, das an dem Abend gedreht wurde.«

Fuck! Also doch! Es gab ein Video. Tobi begann zu schwitzen.

»Da musst du dich getäuscht haben. Ich war die ganze Zeit mit den Jungs draußen im Garten. Kannst die anderen fragen, die werden dir das auch sagen.« Künstlich lachend fügte er hinzu: »Ich hab halt ein Allerweltsgesicht. Und jetzt ...« Er hielt sich die Hand auf den Bauch. »Jetzt möchte ich gern gehen, wenn du nichts dagegen hast.«

Daniel hob beide Hände hoch. »Mach. Aber eins noch: Wenn du in irgendwelchen Schwierigkeiten steckst ...«

Jetzt reichte es Tobi. Nicht auch noch der. Voller Wut packte er Daniel am Kragen seines Shirts.

»Hör auf mit diesen Unterstellungen! Ich weiß nichts. Und ich habe keine Schwierigkeiten.« Dann knurrte er noch leise: »Pass du lieber auf. Magnus mag es nicht, wenn man ihn belästigt.«

Schließlich schob er Daniel von sich, wischte sich die Hände ab und verschwand so schnell wie möglich mit der Rolltreppe im Untergrund.

25

Von Zeit zu Zeit kamen Königssöhne und wollten durch die Hecke in das Schloss dringen. Es war ihnen aber nicht möglich, denn die Dornen, als hätten sie Hände, hielten fest zusammen, und die Jünglinge blieben darin hängen, konnten sich nicht wieder losmachen, ...

Verdammt, Nova, ich weiß einfach nicht mehr, was ich denken soll. Alle spielen verrückt!« Jessi nahm ein Feuchttuch aus dem Koffer und wischte die Ranken um Novas Augen weg. Deren Konturen waren schon brüchig und verschwommen.

»Diese Clique. Was hast du dir nur dabei gedacht, dich mit denen zu treffen? Magnus vor allem. Schau, ich bekomme eine Gänsehaut, wenn ich an den denke.« Sie hielt Nova den Arm hin.

»Die anderen Typen wirken gar nicht so schlimm, aber wenn die immer mit ihm abhängen, dann können sie im Grunde nicht viel besser sein. Dieser Typ ist kalt wie ein Eisschrank. Gestern Abend habe ich mir zu Hause noch mal den Clip von der Party angeschaut. Ich dachte, ich würde die Stimme von diesem Magnus kennen. Dass er das Video gedreht hat. Aber ich bin mir nicht sicher. Die Musik verzerrt den Ton zu sehr.«

Sie hielt inne. Warum quatschte sie Nova die Ohren voll? Weil sie auf ein Wunder hoffte, das vermutlich nie geschehen würde. Sie atmete tief ein und aus, um sich zu beruhigen.

Sie vermisste die Gespräche mit ihr so sehr. Und gleichzeitig fragte sie sich, wie lange man Nova noch in diesem Zustand hier liegen lassen würde? Der Gedanke daran ließ ihren ganzen Körper erbeben.

Sie schloss die Augen, schüttelte ihre Hände aus und nahm das Feuchtigkeitsfluid, träufelte es auf einen Wattebausch und tupfte Novas Gesicht damit ab. Ihr Gesicht war schmaler geworden. Kein Wunder, wenn sie nur von diesem Zeug im Tropf ernährt wurde! Jessi nahm einen Pinsel und begann sanft, erst Puder, dann Lidschatten auf die geschlossenen Augenlider aufzutragen.

»Kim war es, oder?« Sie musste einfach laut sprechen. »Kim hat dich zu diesen Typen geschleppt. Die passt zu denen, ehrlich! Diese falsche Kuh hat behauptet, sie sei gar nicht bei dir gewesen, sie kenne die Kerle gar nicht. Und dann erzählt mir dieser Frederik, dass sie die ganze Zeit bei dir war! Diese Lügnerin!« Sie schnaubte wütend. »Was ist das eigentlich für eine? Die macht sogar Einkäufe für die! Watschelt zu Hollister und kauft denen Klamotten, oder was? Wieso biedert die sich bei denen so an? Ehrlich, Nova, ich verstehe echt nicht, was du mit der willst.«

Kleinlaut fügte sie hinzu: »Weißt du, ich hab langsam keine Ahnung mehr, wem ich glauben soll. Was ich glauben soll. Kurz bevor ich am Abend nach Hause bin, hab ich Daniel gesehen. Mit Tobi! Stell dir vor. Der hielt ihn am Arm. Sah vertraulich aus. Ich bin weggerannt. Weil ich es einfach nicht verstehe! Warum sagt eigentlich keiner die Wahrheit?«

Sie nahm den MP3-Player, den sie zum Aufladen an die Steckdose angeschlossen hatte, suchte eine CD heraus. Die neue von Christina Stürmer. Die hatte Nova in letzter Zeit so oft gehört.

Sie sah ihrer Freundin ins Gesicht. »Ich muss jetzt gehen, weißt du?! Hab einen Auftrag. Läuft echt gut, im Moment. Der Fotograf bucht mich dauernd. Er empfiehlt mich immer weiter. Cool, oder?« Novas Gesicht blieb regungslos. Durch das helle Puder sah sie jetzt beinahe wie eine Wachsfigur bei Madame Tussaud aus. »Na jedenfalls, ich wollte dir nur sagen: Ich glaube nicht, dass du Drogen genommen hast. Jedenfalls nicht freiwillig. Du bist die Einzige, die echt ist. Egal, was die anderen sagen. Vielleicht haben die im Labor die Blutprobe verwechselt. Oder deine Tabletten haben da was ausgelöst. Ich hab keine Ahnung.« Jessi blinzelte. »Ich wollte nur, dass du das weißt. An dir zweifle ich nicht. Keine Sekunde.«

Dann setzte sie Nova die Kopfhörer auf, drückte auf Play und packte rasch ihre Sachen, um nicht zu spät zu ihrem Termin zu kommen.

Videoblog vom 9. August 2013

(Nova sitzt mit geröteten Wangen am Schreibtisch und strahlt in die Kamera)

Dummerweise war es heute kalt und die Sicht nicht berauschend. Schade, aber nicht zu ändern. Abgeblasen hätte ich die Aktion nie im Leben.

Ich war aufgeregt. Aber nicht so wie dieser Typ, der eigentlich vor mir laufen sollte. Der hat sich voll in die Hose gemacht und diskutierte da mit den Veranstaltern herum, ob die die Seile auch auf Sicherheit geprüft haben und so. Was sollen die denn da sagen? »Nee. Wir wollten mal einen runterklatschen lassen?«

Der Blödmann hatte doch nur totalen Schiss und suchte einen Grund, um abzuhauen. Große Klappe, nichts dahinter, wie so oft bei den Kerlen. Ist halt doch was anderes, da oben zu stehen, ohne Geländer, ohne Sicherheitsnetz und SELBST über die Kante zu steigen. Da kannst du nicht einfach die Augen schließen, wie beim Bungee-Jumping. Wenn du das hier machst, dann musst du es ganz bewusst tun. Sonst geht das nicht. Ich hörte die anderen schreien bei ihrem Walk. Die Stimmen hallten weit. Ich hörte alles daraus: Panik, Angst, Freiheit, Lust. Ihre Gesichter konnte ich nicht sehen, auch

nicht, wie es ihnen erging. Aber für sie war es sowieso nicht
dasselbe wie für mich. Ich wollte spüren, wie es ist, wenn man in den Abgrund sieht. Ihm begegnet. Er und ich. Auge in Auge.

Versteht ihr, genau deshalb wollte ich das machen: Ich wollte einmal bis an meine Grenzen gehen. Ohne Netz, ohne Sicherheit.

Ich war als Nächste dran. Dann stand ich da, direkt am Rand. Vor mir nur Leere – sonst nichts. Mein Herz hat wie wild gepocht. Dudummdudummdudumm. Für einen Moment habe ich mich gefragt, ob es das aushält. Wäre echt scheiße gewesen für den Veranstalter, wenn da eine Tote gebaumelt hätte. Zur Sicherheit hatte ich ein Schreiben in meiner Hosentasche, dass ich in vollem Bewusstsein meine Krankheit verschwiegen habe. Die hätten mich ja nie gelassen, schon allein wegen der ganzen Medikamente. Also habe ich gelogen. Zum Glück sieht man mir den Herzfehler nicht an.

Davor habe ich mich eigentlich völlig normal gefühlt. Aufgeregt eben. Aber sonst wie immer. Da waren so viele Leute auf dem Dach, die Veranstalter, die Sicherheitsleute von der Firma, der das Hochhaus gehörte. Und dann noch die anderen, die nach mir laufen sollten. Fast schon zu viel Trubel für meinen Geschmack.

Aber dann habe ich alles ausgeblendet. Ich

hörte keine anderen Stimmen mehr. Da war nur noch ich. Ganz klein in Relation zu dem, was vor und unter mir lag. Dieses Gefühl, ganz nah an den Rand zu treten, war der Hammer. Völlig frei, ohne Geländer. Noch ein Schritt und du fällst in die Tiefe. Der Wahnsinn. Ich fühlte mich wie ein Vogel, der zu seinem ersten Flug abheben soll. Ich sage euch, nichts habe ich mir in dem Moment mehr gewünscht, als einfach abzuheben.

Stattdessen musste ich weiter vor, Stückchen für Stückchen, bis meine Fußspitzen über den Rand der Fassade ragten. Nur das Seil in meinem Rücken hielt mich. Weit unter mir der Asphalt, Autos und Menschen, ganz klein, wie aus einer Spielzeugwelt. Mir war klar: Wenn ich da unten aufschlage, ist definitiv alles vorbei. Da kommt man nicht mit Verletzungen davon, da ist man kaputt. Totalschaden.

Das Kommando, dass sie mich runterlassen, habe ich nur noch wie aus weiter Ferne gehört. Meine Ohren rauschten und ich bekam Schluckauf. Ich konnte nur noch denken: Würde ich es schaffen? Würde mein Herz das durchhalten? »Schonung«, hatten die Ärzte gesagt. Wieder und wieder.

Dann spürte ich, wie das Seil in meinem Rücken nachgab. Langsam, aber kontinuierlich wurde ich nach vorne gelassen – kippte über den Rand. Ich versuchte ruhig zu atmen, konzentrierte mich: Gerade halten! Spannung! Einen Schritt vor den anderen. Ich wollte nicht einfach fallen. Ich wollte auch nicht bloß im Seil hängen und die Aussicht genießen. Ich wollte den Abgrund sehen, ihm begegnen. In Würde.

»Du darfst dich nicht zu früh bewegen, sondern erst, wenn du in der Horizontalen an der Wand stehst«, das hatten sie mir gesagt. Dann ertönte das »Go«. Mein Schwerpunkt lag voll auf meiner Hüfte. Körperspannung halten, nicht zu schnell oder zu heftig bewegen. Sonst würde ich wie ein nasser Sack an dem Seil hängen und der Spaß wäre vorbei. Ich müsste dann aufpassen, nicht an das Gebäude zu knallen, mich mit den Füßen abstoßen, damit ich keine Prellungen erleide. Aber noch schlimmer wäre für mich gewesen, es einfach nicht geschafft, versagt zu haben.

Also: Konzentration. Einen Fuß vor, den Arm mitführen, den Kopf gerade halten, nächster Schritt, Arm nachziehen und so weiter. Nicht zappeln. Keine Hektik. Wie ein Roboter sagte ich mir die Folge der Bewegungen immer wieder vor, während ich Meter für Meter an der Wand hinunterlief. Und dann realisierte ich es: Ich schritt auf meinen Abgrund zu, den harten Asphalt, auf ein mögliches Ende aus mehr als 100 Metern Höhe. Nie habe ich mich so lebendig gefühlt. Da war ein neues, ein anderes Bewusstsein. Ich hatte endlich keine Angst mehr.

In diesem Moment überkam mich eine solche Euphorie, dass ich nur noch schrie vor Glück. Lauthals, endlos. Ich spürte eine enorme Kraft in mir, mein ganzer Körper kribbelte, so als würde jede Zelle in Bewegung geraten. Es war wie ein Rausch, nur besser – und unten angekommen wollte ich nur eines: Wieder da rauf, dieses Gefühl noch einmal erleben. Mein Herz hämmerte stark wie ein Presslufthammer. Das Adrenalin hatte jegliche Erschöpfung weggepustet und ich musste lächeln, als ich an die mahnenden Worte meiner Mutter dachte: »Nova, überanstreng dich nicht.« Pah!

Und genau da, an dieser Wand, änderte sich mein Standpunkt. Der Tod würde mich nicht so schnell holen. Er konnte mich nicht erwischen. Ich war einfach zu gut! Kinder, ich sage euch, es ist einfach so:
COOL GIRLS CAN'T DIE.

(Sie lacht, wirft den Kopf in den Nacken und macht das Victory-Zeichen. Clipende)

26

Es war kühler geworden, ein leichter Wind zog durch die Stadt. Jessi knöpfte ihre Jeansjacke zu. Der Herbst kündigte sich bereits an. Insofern war sie zuversichtlich, dass Daniel noch auftauchen würde, um die letzten schönen Abende zum Spielen zu nutzen.

Während des zweiten Fotoshootings an diesem Tag hatte sie immerzu an ihn denken müssen. Eine Nachwuchsband hatte ziemlich witzige Cover-Fotos für ihre erste selbst produzierte CD schießen lassen. Und schließlich hatte Jessi beschlossen, ihrem Bauchgefühl zu folgen.

Egal, was sie gestern zu ihm gesagt hatte: Im Grunde war er der Einzige, dem sie vertraute. Sie war ungerecht gewesen, als sie in seiner Wohnung derart explodiert war. Er kannte Nova nicht – jedenfalls nicht so wie sie. Kein Wunder, dass er sich eine falsche Meinung gebildet hatte. Nach allem, was er bislang von Nova wusste, waren seine Schlussfolgerungen irgendwie nachvollziehbar.

Zudem vermisste sie seine Gesellschaft. Seufzend schaute sie abwechselnd in beide Richtungen, hoffte, ihn zuerst zu entdecken, um seine Reaktion auf ihr Erscheinen abwägen zu können. Doch egal wie er sich verhielt, würde sie ihn auf Tobi ansprechen, ihn auf den Kopf zu fragen, was er mit ihm zu tun hatte.

Als hätten ihre Gedanken einen stillen Zauber bewirkt, sah sie plötzlich Tobi, wie er die Treppe der Hauptwache hinaufging. Sie wechselte rasch den Platz an dem Sitzrondell und lief weiter nach hinten, um nicht entdeckt zu werden. Tobi hielt auf die Zeil-Galerie zu, dem Treffpunkt der Clique. Er ging aber nicht rein, sondern blieb im Eingang stehen. Seine ganze Körperhaltung drückte Unbehagen aus und Jessi spürte sogar auf diese Entfernung, dass er nervös war. Er verhielt sich wie ein Raubtier vor der Fütterung, wechselte von einem Bein auf das andere, strich sich durchs Haar, steckte die Hände in die Hosentaschen, nahm sie jedoch sofort wieder heraus.

Jessis Aufmerksamkeit war geweckt. Aber statt der Clique kam jetzt Kim. Wieder führte sie eine Tüte von Hollister mit sich. Die beiden redeten kein Wort, die Tüte wechselte lediglich ihren Besitzer. Dann entfernte sich Tobi zunächst langsam, sah sich dabei permanent um und verschwand dann fast im Laufschritt in den Untergrund der Bahnstationen. Kim ließ Tobi zunächst nicht aus den Augen, zückte ihr Handy jedoch sofort, als er außer Sicht war.

Jessi hielt es nicht mehr aus und sprintete zu ihr hinüber. Egal, was die im Schilde führten, mit der miesen Blondine würde sie alleine fertig werden.

»Nun sieh einer an. Wen haben wir denn da? Unsere liebe Kim!«, flötete sie schon auf einige Entfernung. Jessi hörte noch, wie Kim in den Hörer raunte: »Diese Freundin von Nova schon wieder. Ich melde mich. Ciao.«

»Spielst du gerne den Laufburschen für die zahlende Kundschaft?« Verächtlich musterte sie Kim von oben bis unten. »Gibt das Prozente oder was? Kommst du so an die teuren Klamotten?«

»Halt die Klappe!«, zischte Kim. »Kümmere dich um deinen eigenen Kram und verzieh dich, Schlampe!«

Jessi zog die Augenbraue hoch und ignorierte die Titulierung. »Komm auf den Teppich. Ich weiß alles über die Party. Ich weiß, dass du nicht oben gewesen bist. Frederik hat alles ausgeplaudert, musst du wissen. Nur eines weiß ich nicht: warum du mich belogen hast. Denkst du, ich bin blöd? Oder war dein Hirn so benebelt, dass du dich selbst nicht mehr erinnern kannst?«

Kim starrte Jessi wütend an und entgegnete leise: »Du bluffst doch nur! Du weißt einen Scheiß!«

»Ach? Meinst du? Da wäre ich mir mal nicht so sicher.«

Kims Reaktion gefiel ihr. Sie hatte sie an der Angel und würde jetzt einfach genau dieselbe Strategie anwenden wie Kim selbst: lügen.

»Es gibt da solche Dinger, weißt du? Handykameras. Die Dinger sind wirklich nützlich! Jemand hat auf der Party alles aufgezeichnet. Jedes dreckige Detail. Und ich habe den Beweis.« Bei diesen Worten klopfte Jessi vielsagend auf ihre Tasche.

»Das glaube ich nicht«, sagte Kim und schaute Jessi unverwandt an.

So viel Aufmerksamkeit hatte die ihr noch nie geschenkt. Deshalb holte Jessi ohne lange zu überlegen zu ihrem zweiten Schlag aus.

»Du warst die ganze Zeit bei Nova, Party machen, ja? Für Erwachsene, oder? Du hast ihr die Drogen untergejubelt, stimmt's?«

Jessi hatte nicht mit dem Stoß gerechnet, den Kim ihr versetzte, und ging ungebremst zu Boden.

Kim tauchte direkt neben ihr auf und brüllte: »Halt deine verdammte Klappe, hörst du! Nichts weißt du! Und pass bloß auf, wem du so eine Scheiße erzählst!«

Drohend hielt sie Jessi den ausgestreckten Mittelfinger hin, als ein Passant sich einmischte.

»Ist Ihnen was passiert, Mädchen?«, fragte der Mann, der Jessi aufhalf und ihr die Handtasche wiedergab, die offenbar bei dem Sturz von ihrer Schulter gerutscht war.

Jessi schüttelte den Kopf. Doch als sie wieder auf die Füße kam, war Kim bereits in der Menschenmenge verschwunden.

27

Obwohl Jessis Hintern ziemlich wehtat und sie sich offenbar auch den Knöchel geprellt hatte, machte sie sich zu Fuß auf den Weg zu Daniel. Sie musste ein paar Meter laufen, weil sie in Bewegung am besten nachdenken konnte. Außerdem war sie wütend. Zuvor rief sie aber noch ihre Mutter an und sagte ihr, dass sie später nach Hause kommen würde. Um Fragen aus dem Weg zu gehen, schob sie ein unvorhergesehenes Shooting vor.

Normalerweise beschwindelte sie ihre Mutter nicht, aber sie würde sich ohne Grund Sorgen machen, wenn sie gewusst hätte, dass Jessi zu einem völlig fremden Jungen in die Wohnung ging. Ihre Mutter befürchtete permanent, es könnte Jessi mal jemand auflauern. Diese Angst schwang bei allem mit, wohin auch immer Jessi am Abend gehen wollte. Zumal Frankfurt ein gefährliches

Pflaster sei, wie ihre Mutter immer wieder betonte.

Jessi überlegte kurz, Daniel erst einmal anzurufen, um zu prüfen, ob er überhaupt zu Hause war. Aber sie verwarf den Gedanken erneut. Sie musste sehen, wie er auf sie reagierte. Wenn er wüsste, dass sie Neuigkeiten hatte, würde er vielleicht nur deswegen einlenken. Wegen Nova ...

Andererseits fragte sie sich immer noch, was er mit Tobi zu tun gehabt hatte. Sie beschloss, das Gespräch genau mit dieser Frage zu beginnen und ihre Geschichte zunächst für sich zu behalten. Wenn er komisch reagierte, konnte sie immer noch gehen. Insgeheim wünschte sie nichts mehr, als jemanden zu haben, mit dem sie über alles reden könnte. Es gelang ihr einfach nicht, die Dinge alleine zu ordnen. Sie brauchte jemanden, dem sie vertraute, so wie Daniel. Immer noch. Obwohl auch er ihr immer mehr Rätsel aufgab.

Seufzend setzte sie ihren Weg fort. Von hinten hörte sie das röhrende Geräusch eines Motorrollers und eine wütende Stimme, die brüllte: »Geht's noch?«

Sie drehte sich um und sah den Roller direkt auf sich zukommen. Jessi sprang zur Seite. Sie meinte, ein Lachen durch den Helm zu hören, und wollte dem rücksichtslosen Fahrer gerade hinterherschimpfen, als sie von hinten gepackt und in die Büsche der Friedberger Anlage gezerrt wurde.

Verdammt. Wo war der Typ hergekommen? Jessi schossen die tausend Warnungen ihrer Mutter durch den Kopf.

Aber sie war kein Opfer. Sie schrie, so laut sie konnte, doch niemand reagierte. Der Angreifer packte sie in Sekundenschnelle etwas tiefer, hob mit Leichtigkeit ihren Körper hoch, sodass ihre Beine in der Luft hingen. Sie schrie weiter aus Leibeskräften, versuchte gleichzeitig, nach ihm zu treten, konnte aber nichts gegen seine Kraft ausrichten. Sie fühlte sich wie eine Fliege in einem Spinnennetz, die zappelt und sich wehrt, aber doch chancenlos bleibt.

Noch einmal sammelte sie alle Kraft, krallte ihre Fingernägel in die Handflächen des Angreifers, riss ihren Kopf hin und her, stieß dabei an etwas Hartes. Plötzlich hörte sie den Motorroller wieder. Hatte der Fahrer etwas mitbekommen? Kam er zurück, um ihr zu helfen? Sie intensivierte ihre Anstrengungen, versuchte demjenigen in den Arm zu beißen, der sie hielt ... als sie mit einem Mal ohne jeden Halt fiel. Mit dem Gesicht voran Richtung Boden. Sie riss gerade rechtzeitig ihre Arme hoch, um den Kopf zu schützen, und spürte einen heftigen Schmerz in der Schulter. Dieses Arschloch hatte sie einfach losgelassen. Sie wirbelte herum, rechnete mit einem neuen Angriff, sah jedoch erleichtert, wie ihr Angreifer hinter dem Fahrer aufsprang. Beide trugen Helme. Der

Motorroller beschleunigte, fädelte sich in den Verkehr ein und brauste davon. Der Beifahrer drehte sich noch einmal um und winkte - mit ihrer Tasche ...

Wütend riss sie ein Büschel Gras heraus und warf es dem Roller nach. Verdammte Scheiße. Damit war alles weg. Ihr Handy, ihr Geld, ihre Monatskarte, Schlüssel, Sonnenbrille, ihre ganzen Sachen.

»Sind Sie verletzt? Ich habe alles gesehen. Geht es Ihnen gut? Brauchen Sie einen Krankenwagen?«

Jessi rappelte sich hoch. An ihren Ellbogen war die Jacke gerissen und sie sah eine blutige Schürfwunde, die voller Dreck war. Ihr linkes Handgelenk schmerzte. Sie bewegte vorsichtig die Hand. Gebrochen schien die nicht. Jessi schaute verwirrt zu dem Mann, der sie angesprochen hatte und nun neben ihr kniete. Er hielt ihr ein Stofftaschentuch hin.

»Das war ganz schön heftig! Aber ich habe alles auf Video, ab da, wo der Typ abgesprungen ist und sie gepackt hat. Der hat ihre Tasche geklaut.«

Jessi war sprachlos und starrte den Mann nur an.

»Ich stand da drüben. Keine Ahnung, wie gut die Aufnahme ist, aber vielleicht kann man sogar das Nummernschild lesen.«

»Und warum haben Sie mir nicht geholfen?

Wenn er mich geschlagen hätte oder vergewaltigt, wären Sie dann auch stehen geblieben, um das zu filmen?«

Der Mann richtete sich auf, schaute empört und entgegnete barsch: »Na, hören Sie mal. Die waren zu zweit. Was soll ich denn gegen die ausrichten? Da will ich Ihnen helfen und dann muss ich mir solche Anschuldigungen anhören?«

Jessi konnte nicht mehr. Ihre Wut brauchte ein Ventil und dieser Mann kam ihr gerade richtig.

»Helfen? Haben Sie wenigstens die Polizei gerufen?«, kreischte sie. »Nein. Natürlich nicht! Und mich aus den Klauen dieses Typen zu befreien, kam Ihnen auch nicht in den Sinn!«

Sie sah ihm verächtlich ins Gesicht.

»Wissen Sie was? Verpissen Sie sich! Und nehmen Sie Ihr blödes Taschentuch bloß mit! Und Ihr beschissenes Handy! Dann haben Sie heute Abend wenigstens was zu erzählen, Sie Spanner!«

»Das muss ich mir nicht bieten lassen! Ich ... Dann sehen Sie doch zu, wie Sie alleine klarkommen!«

Mit diesen Worten machte er auf dem Absatz kehrt und entfernte sich schimpfend. »Undankbares Weib« und »verzogene Jugend« verstand sie noch.

Langsam rappelte sie sich auf und prüfte vorsichtig, ob sie laufen konnte. Das hätte sie besser getan, bevor sie den Mann so angegangen war.

»Autsch!«, entfuhr es ihr. Verdammt, das war nun schon die zweite Bodenlandung innerhalb einer knappen Stunde. Da konnte man schon mal die Nerven verlieren!

Vorsichtig trat sie auf und stellte erleichtert fest, dass sie sich nicht schlimm verletzt hatte. Sie war noch einmal mit einem blauen Auge davongekommen.

Also klopfte sie, so gut es ging, den Dreck von ihrer Hose, bückte sich und war nun doch dankbar für das Taschentuch. Sie legte es über die Wunde am Arm. Dann hob sie ihren Hut auf, klopfte den Staub ab, machte sich auf den Weg zu Daniel und hoffte inständig, dass er zu Hause wäre.

Ob dieser Angriff die Antwort auf ihre Facebook-Nachricht war? Sie hatte so getan, als wüsste sie, was an dem Abend auf der Party passiert war. Wollte sie der Täter nun einschüchtern? Oder konnte der Überfall tatsächlich bloß ein Zufall sein?

28

Daniel stand in der geöffneten Tür seiner Wohnung und schaute entsetzt in Jessis Richtung, die sich mühsam die Treppe heraufschleppte.

»Was ist dir denn passiert?«, fragte er besorgt.

»So einiges«, murmelte sie.

Daniel lief ihr eilig ein paar Stufen entgegen und stützte sie auf den letzten Metern.

»Hast du erst mal etwas zu trinken? Ich hab fürchterlichen Durst.«

»Natürlich.«

Er führte sie zu dem Stuhl, auf dem sie am Tag zuvor schon einmal gesessen hatte. Dann ging er zur Spüle und ließ ihr ein Glas Wasser volllaufen. Während sie trank, verschwand er in der Seitentür, in der sich vermutlich sein Bad befand, und kam mit einem Kulturbeutel und einem Handtuch zurück.

»Zieh bitte vorsichtig deine Jacke aus. Wir

müssen erst mal die Wunde reinigen. Und ...«, er zögerte, »und am besten auch deine Hose.«

Sie schaute ihn verwirrt an, aber als er auf ihr Knie deutete, sah auch sie den feuchten Blutfleck, der sich dort gebildet hatte.

»Verdammt! Auch das noch! So ein Typ hat meine Tasche geklaut und mich ins Gebüsch geworfen. Jetzt ist alles weg und meine Lieblingsklamotten sind im Eimer.« Hysterisch lachte sie auf. »Ich hab heute echt mieses Karma!«

Daniel legte ihr die Hand aufs Knie. »Aber jetzt bist du hier. In Sicherheit. Den Rest kriegen wir schon wieder hin.«

Seine Berührung wirkte tröstlich. Erst in diesem Moment merkte Jessi, dass sie zitterte und ihr Herz noch immer wie wild klopfte. Sie atmete tief ein und aus, betrachtete seine große braun gebrannte Hand, die warm auf ihrem Bein lag.

Dann zog sie vorsichtig ihre Jeansjacke aus und Daniel begann, die Wunde am Arm zu versorgen.

»Hast du vielleicht 'ne Boxershorts?«, fragte sie, als er ein riesiges Pflaster auf ihren linken Arm klebte, den es offenbar schlimmer erwischt hatte.

Er kniete neben ihr und grinste unverschämt. »Hab ich. Die gebe ich dir aber nur, wenn du versprichst, nicht wieder abzuhauen.«

Sie musste lachen, wuschelte ihm durch die

Haare, zog aber gleich die Hand zurück, weil ein stechender Schmerz hindurch lief.

Daniel bemerkte das sofort. »Zeig mal her.« Er sah sich die Hand von beiden Seiten an, bog ihre Finger auf und zu, ganz langsam und vorsichtig. »Die ist nur geprellt. Du kriegst auf der Handfläche vermutlich einen dicken blauen Fleck. Sieht nicht gut aus, heilt aber schnell. Während du dich umziehst, hole ich dir dafür gleich etwas zum Kühlen.«

Als sie in der viel zu weiten Shorts aus dem winzigen Bad kam, stand Daniel schon wieder grinsend vor ihr.

»Jetzt hat es wenigstens etwas Gutes, dass wir uns gestern Abend gestritten haben.«

Er hielt ihr die Packung Tiefkühlerbsen hin, die sie eigentlich hatten essen wollen. Sie nahm die eiskalte Tüte, setzte sich auf den Stuhl und zog verschämt an ihrem Shirt, das nicht kürzer hätte sein können.

»Und weil du jetzt in diesem Aufzug hier sitzt, will ich eines klar stellen: Ich bin nicht so einer. Ich nutze keine Situationen aus. Egal, wie seltsam dir mein Engagement für ein wildfremdes Mädchen vorkommen mag. Das mit Nova hat andere Gründe.«

»Wie das mit Tobi?«

Daniel schaute sie verwirrt an.

»Was hattest du gestern mit ihm zu schaffen?

Und wage es nicht, das zu leugnen. Ich habe euch ganz deutlich gesehen.« Bekräftigend fügte sie hinzu: »Ich war im Dunkin' Donut.«

Daniel schaute zu Boden, so als sei ihm etwas peinlich, aber er schwieg. Jessi hielt den Blick unverwandt auf ihn gerichtet.

»Also? Wenn ich dir trauen soll, muss ich das wissen, Daniel.«

Zögernd antwortete er schließlich: »Ich bin dir gefolgt. Eine Weile später erst. Weil ich sauer war. Aber ich dachte mir schon, dass du bestimmt noch einmal zur Galerie zurückgehst. Auf dem Weg dorthin bin ich auf Tobi getroffen. Der war völlig fertig, sah aus, als würde er gleich umkippen. Ich hab ihn gefragt, ob es ihm gut geht. Und hab bei der Gelegenheit noch einmal versucht, mit ihm zu reden.«

Jessi schaute ihn prüfend an. Sie glaubte ihm. Daniel kam mit dem feuchten Handtuch wieder auf sie zu und begann nun, auch die Wunde an ihrem Knie zu versorgen.

»Ohne Ergebnis allerdings.« Er lachte. »Im Gegenteil, er hat mir sogar gedroht.«

»Schon komisch. Dir droht einer und ich werde überfallen.«

Er hielt inne. »Schon. Aber die haben doch deine Handtasche mitgenommen? Sorry, aber ich schätze, das hat nichts miteinander zu tun. Da wollte nur jemand deine Kohle.«

»Kann sein. Trotzdem seltsam.« Jessi schlug sich mit der Hand vor den Kopf. »Und ich blöde Kuh habe auch noch den Kerl verjagt, der die ganze Sache mit dem Handy aufgenommen hat. Ich bin so was von bescheuert!«

»Wie bitte?«

»Ein Typ hat den Überfall mit dem Handy aufgenommen. Aber natürlich keine Polizei gerufen und nichts.« Sie zuckte die Schultern und wich Daniels Blick aus. »Da bin ich ausgerastet. Ich hab ihn beschimpft von wegen unterlassener Hilfeleistung. Na ja, und dann ist er abgezogen.«

Daniel grinste. »Tolle Taktik.«

Jessi trat scherzhaft mit dem unverletzten Bein nach ihm.

»Hey! Bloß nicht frech werden! Aber ernsthaft: Ich hab was rausbekommen.«

Interessiert sah Daniel ihr in die Augen. Jessi hob das Kinn und sagte triumphierend: »Kim. Sie war es, die Nova die Drogen untergejubelt hat.«

»Wie kommst du denn darauf?«, fragte Daniel verblüfft.

»Ich hab mich mit Frederik unterhalten.«

»Hatte ich dich nicht gebeten, dich von dem fernzuhalten? Der will dir doch nur an die Wäsche.«

Jessi hob ihre Augenbrauen. Wieder spielte Daniel sich wie ein großer Bruder auf. Sie hasste es, wenn er so erwachsen redete.

»Keine Angst. Ich hatte alles im Griff«, antwortete sie trotzig. Daniel schwieg und trug ein Gel auf die Wunde auf, das brannte. Während Jessi die eiskalte Tüte anders um ihr Handgelenk legte, musste sie zugeben, dass sie gerade ganz und gar nicht diesen Eindruck vermittelte.

Deshalb setzte sie schnell nach: »Jedenfalls hat der mir erzählt, dass Kim auf dem Tisch getanzt hat und ziemlich durch den Wind war. Und dann hab ich sie vorhin mit Tobi bei der Galeria gesehen.«

»Einfach so? Du bist ihr einfach auf der Straße begegnet?«

»Na ja.« Jessi druckste verlegen herum. »Ich wollte dich sprechen. Wegen gestern. Und während des Wartens habe ich die wieder beobachtet.«

Daniel schaute sie unbeirrt an. »Und weiter?«

»Als ich sie auf den Kopf zu fragte, ob sie Nova die Drogen untergeschoben hat, ist sie schier ausgeflippt. Sie hat mich gestoßen und ist dann abgehauen.«

»Ist ja auch ein starkes Stück. Stell dir vor, jemand würde dir so was unterstellen. Immerhin war auch sie mit Nova befreundet.«

Jessi schaute ihn entsetzt an.

»Was willst du damit sagen?«

»Versprich mir bitte, dass du dieses Mal ruhig bleibst, ja? Ich sehe die Sache eben ein wenig anders als du, Jessi. Du willst einfach nicht einsehen, dass Nova offensichtlich Scheiße gebaut hat. Und zwar so schlimm, dass es sie beinahe das Leben gekostet hätte, wäre ich nicht rechtzeitig da gewesen.«

Genervt schnaubte Jessi und schleuderte ihm das Tiefkühlpack entgegen.

»Du glaubst es immer noch, ja? Dass Nova das selbst war. Aber verdammt, ich habe dir doch schon einmal gesagt, sie würde niemals ...«

»Und ich sage dir, dass du vielleicht ein falsches Bild von ihr hast«, fiel er ihr resolut ins Wort. »Hör mal, ich weiß, wie mies sich das für dich anfühlt. Ehrlich. Aber überleg doch mal. Nova hat schon einmal ihr Leben riskiert.«

»Nie! Du kennst sie nicht.« Jessi verschränkte die Arme vor der Brust.

»Doch. Das hat sie definitiv. Als sie in einem Tatoostudio war. Da ist einmal das Infektionsrisiko. Und dann hätte sie eine Blutung bekommen können, die vielleicht nicht mehr zu stoppen gewesen wäre. Und du hast mit selbst erzählt, dass sie sich bei Sex auch nicht gerade zurückhielt. So wie du sie beschreibst, ist sie immer ziemlich impulsiv. Vielleicht hat sie gedacht, dass sie ohnehin früh sterben wird, und wollte vorher noch ihren Spaß haben. Immerhin schütten diese Pillen auch Glückshormone aus. Sie hat das Risiko eben unterschätzt – oder es in Kauf genommen.«

Jessi hielt sich die Ohren zu und schüttelte den Kopf. Sie wollte das nicht hören. Sie wusste, dass sie recht hatte. Sie kannte Nova. Sie hatte Kim gesehen. Wie die sich gewunden hatte.

Daniel nahm ihr sanft die Hände von den Ohren. Jessi ließ es geschehen, hielt aber ihr Kinn weiter trotzig vorgeschoben.

»Hey. Ich will damit nichts gegen Nova sagen. Und ich kann gut verstehen, dass du dein Bild von ihr behalten willst. Ehrlich. Ich kann das nachvollziehen.«

Jessi schob seine Hände von sich. Wieso bemühte sie sich überhaupt, ihm zu erklären, wie Nova tickte?

In Daniels Kopf saß sie doch längst in der dämlichen Schublade mit seinen Vorurteilen fest. Doch ihre Wut ließ sie dennoch weiterreden: »Du verstehst nichts, gar nichts, Daniel! Schwätzt nur denselben Mist nach wie alle. Sie konnte doch gar nicht anders! Keiner wollte sie haben. Sobald sie erzählte, dass sie krank ist, so richtig krank, haben die Jungs einen Rückzieher gemacht. Haben sie behandelt, als wäre sie aus Porzellan. Oder haben sie völlig fallen lassen. Genau wie ihre scheiß Eltern. DAS war der Grund, warum sie beim Sex so war. Sie hatte doch gar keine Wahl! Sie wollte doch auch nur ein bisschen Wärme. Nähe. So wie jeder.«

Wütend schlug Jessi mit ihrer Faust auf die

Sessellehne, bevor sie hemmungslos zu weinen begann.

»Sie hat das echt nicht verdient, Daniel! Sie ist der beste Mensch, den ich je kennengelernt habe. Sie hat so eine Art ... sie kann die Menschen so sehen, wie sie wirklich sind. Und hat dafür gesorgt, dass sie wachsen. Wie eine Gärtnerin, die genau weiß, welche Erde die Pflanze braucht, welche Temperatur das Gießwasser haben sollte. Sie hat mir gezeigt, was in mir steckt, hat mir immer gesagt, ich würde mir zu wenig zutrauen. Sie war immer so voller Elan, voller Kraft. Ohne sie ... ich weiß nicht, was aus mir geworden wäre. Ich hatte keine Ziele, habe einfach so vor mich hin gelebt, vermutlich hätte ich nicht mal die Schule fertig gemacht. Aber sie hat das nicht zugelassen. ›Du wirfst dein Leben nicht weg‹, hat sie gesagt. ›Nicht, solange ich lebe.‹ Und jetzt ...« Jessi zog laut die Nase hoch und wischte mit ihrem Ärmel die Tränen fort. »Jetzt frag ich mich, wie es weitergehen soll – ohne sie!«

»Glaub mir, ich weiß, wovon du sprichst. Ich weiß es sogar verdammt gut. Aber hör endlich auf, mir zu erzählen, dass ich ein Arschloch bin. Das weiß ich selbst!«, sagte Daniel bitter, ging zu seinem Bett und ließ sich darauffallen. Er hielt Kopf und Schultern gesenkt, so als läge eine riesige Last darauf.

Jessi erstarrte. Was sollte das denn heißen?

Eine Gänsehaut überlief sie und sie wappnete sich innerlich gegen das, was er erzählen würde.

»Nein, nicht was du meinst. Na ja, hübsch fand ich sie schon. Es wäre gelogen, wenn ich etwas anderes sagen würde. Nova sieht wirklich toll aus und sie hatte an dem Abend eine irre Ausstrahlung.« Er hielt kurz inne. »Ich habe sie tanzen sehen. Auf der Party. Ganz in sich versunken. Mit geschlossenen Augen, den Kopf in den Nacken gelegt und mit einem Lächeln im Gesicht. Sie tanzte da inmitten der anderen, völlig entrückt. Jeder hat ihr zugesehen, glaub ich. Sie bewegte sich so genial mit der Musik, hatte die Arme weit ausgestreckt. Sie machte gar nicht viel. Sie versuchte auch nicht zu flirten oder sonst irgendwie aufzufallen. Und doch war sie die Einzige, die auffiel. Gerade weil sie so anders war.« Er hielt beschwichtigend die Hände hoch. »Du willst das nicht hören, aber es gibt Menschen, die so reagieren, wenn sie Drogen nehmen. Die so in eine andere Welt abtauchen.«

»Lenk nicht schon ab. Das Thema hatten wir schon.« Jessi leckte sich über ihre trockenen Lippen. »Ich will es jetzt genau wissen: Warum bist du ein Arschloch?«

»Das mit dem Tanzen, das muss vor dem Videodreh gewesen sein. Ich bin dann noch mal zum Klo, ich hatte einfach zu viel getrunken. Aber es gab nur eines und da standen ein paar Mädels

Schlange. Ich brauch dir nicht zu sagen, wie lange ich warten musste. Dann habe ich mit Frederik die Finanzen geklärt. Und als ich zurückkam, war sie weg. Wiedergesehen habe ich sie erst, als sie da im Garten lag. Aber Jessi, ich schwöre, ich habe sie nicht angerührt. Na ja, wenigstens nicht so wie du jetzt vielleicht denkst. Ich hab sie beatmet und ihr Herz massiert. Aber nur, um sie zu retten. Weil ich bei ihr noch etwas tun konnte.«

Jessi nickte nachdenklich. Bis jetzt stand nichts, was er sagte, im Widerspruch zu Frederiks Geschichte.

Mit rauer Stimme fuhr Daniel fort. »Nicht so wie damals.«

Schweigend wartete Jessi, dass er fortfuhr.

Daniel hustete heftig und nahm zunächst einen großen Schluck aus seinem Glas. Dann drehte er es langsam in seiner Hand. Jessi spürte förmlich, wie sehr er mit sich kämpfen musste, das zu erzählen, was er ihr schon längst hätte anvertrauen sollen.

»Es ist vor vier Jahren passiert. Ich war gerade 15 und wurde ins American Football Team aufgenommen. Ich hatte eine tolle Freundin, die Cheerleaderin war. Lange Beine, glattes blondes Haar und sie strahlte immer.« Er lächelte. »Laura sah genauso aus, wie man sich solche Mädchen vorstellt.«

Er nahm einen weiteren Schluck, stellte das

Glas hin und rieb seine Handflächen über die Jeans.

»Meine kleine Schwester vergötterte sie. Und beharrte darauf, zu jedem Spiel mitzukommen, weil sie Laura tanzen sehen wollte. Aber ich mochte das nicht. Laura war meine erste Freundin, musst du wissen.«

Er sah Jessi an, aber sein Blick galt nicht ihr, sondern hing scheinbar in dieser alten Geschichte fest, weit weg von der Realität.

»Die Kleine ging mir in dem Moment einfach auf den Wecker. Sie bettelte, weil sie es gewohnt war, auf diese Art ihren Willen durchzusetzen. Aber ich hatte keinen Bock. Nicht dieses Mal. Ich wollte mit Laura alleine sein nach dem Spiel. Also bin ich einfach abgehauen, als sie kurz auf dem Klo war. Ich hatte keine Lust auf Diskussionen.«

Daniel knibbelte an der Naht seiner Hose, aus der sich ein Faden löste.

»Ich war gerade vor dem Stadion angekommen und schloss mein Fahrrad ab. Da hörte ich dieses grässliche Quietschen.«

Er stockte. »Ein Lkw hatte wohl noch etwas angeliefert. Er war rückwärtsgefahren und hatte meine Schwester auf dem Fahrrad nicht bemerkt. Sie war sicher viel zu schnell gewesen, weil sie mich noch einholen wollte ...«

Sein Mund verzog sich schmerzhaft und Jessi sah, wie er sich auf die Lippe biss. Sie kniete sich vor ihn hin und nahm seine Hände, die schweißnass waren.

»Ich war sofort bei ihr. Sie war noch am Leben, aber nicht bei Bewusstsein. Ihr Kopf war hart auf den Asphalt geschlagen. In der Eile hatte sie den Helm wahrscheinlich vergessen. Sie lag da, als würde sie schlafen.«

Jessi drückte seine Hände stärker und spürte, wie er sich an ihr festhielt.

»Ich hatte keine Ahnung, was ich tun sollte. Der LKW-Fahrer lief nur herum und wiederholte wie ein Mantra, er habe sie einfach nicht gesehen, es wäre ein Unfall. Wir standen beide unter Schock und haben viel zu lange gezögert, bis wir Hilfe riefen. Wir haben einfach nichts für sie getan. Als endlich der Krankenwagen kam, war es längst zu spät. Sie ist auf dem Weg ins Krankenhaus gestorben.«

»Daniel, oh Gott, das tut mir so leid!«

Jessi schlug die Augen nieder. Im Grunde hatte sie vom ersten Moment an gewusst, dass Daniel einer von den Guten war. Sie schämte sich zutiefst für alles, was sie ihm an den Kopf geworfen hatte. Und auch für jede Unterstellung, die sie ihm verschwiegen hatte. Aber wie hätte sie diese Geschichte hinter seinem Schweigen erahnen sollen?

»An dem Tag hab ich beschlossen, Medizin zu studieren und Arzt zu werden. Ich wollte nie mehr hilflos vor so einer Situation stehen. Meine Eltern haben mir zwar keinen Vorwurf gemacht, aber ich konnte nicht mehr mit ihnen leben. Meine Mutter ... Sie sind sich so ähnlich. Immer, wenn ich ihr ins Gesicht schaue, frage ich mich, wie sie wohl heute aussehen würde.«

»Wie hieß sie? Deine Schwester, meine ich.«

Er stockte kurz, dann sagte er ganz leise: »Nora.«

Verblüfft sagte Jessi: »Ein schöner Name.«

»Ja.«

Immer noch hielten sie sich bei den Händen. Aber ihre Verbundenheit ging weit tiefer.

»Als Nova da lag, an diesem Abend, das war wie eine zweite Chance. Dann hörte ich auch noch ihren Namen, der ein bisschen wie der von meiner Schwester klingt ... Ich wollte alles richtig machen, verstehst du das? Und wieder habe ich es nicht geschafft.«

Ohne Zögern nahm Jessi Daniel in den Arm. Sanft wiegte sie ihn hin und her. Er ließ es geschehen.

»Du hast dir nichts vorzuwerfen. Du hast alles richtig gemacht! Du hast dich um Nova gekümmert. Ohne dich wäre sie sicher längst gestorben. So hat sie vielleicht noch eine Chance.«

Jessi strich über sein Haar und wiegte ihn weiter.

Es war alles gesagt.

Videoblog vom 16. August 2013

(Nova auf dem Boden vor ihrem Bett, die Haare hochgesteckt, im Hintergrund läuft leise Musik von MarieMarie)

Heute war Jessi mit mir im Tatoostudio. Meine ABFFL. Sie hat die ganze Zeit meine Hand gehalten und den Typen angeschaut, als würde sie ihn zerfleischen, wenn er irgendeinen Scheiß baut. Immerhin habe ich dem ja meine Brüste gezeigt. Ich hatte ein Top an, das ich nur so weit runtergezogen habe, dass der die riesige Narbe nicht sehen konnte. Jessi meint ja immer, mir würde jeder an die Wäsche wollen, wegen meiner tollen Figur. Aber der sieht das doch gar nicht. Das sind Künstler, keine Lustmolche.

Ich war am Ende echt froh, dass sie dabei war, denn heute Morgen hatte ich doch etwas Angst. Vor allem, weil ich den Tätowierer übelst belügen musste. Der wusste ja nichts von meiner Krankheit. Und er wäre vermutlich dran gewesen, wenn was schiefgelaufen wäre. Ich hab einfach das Marcumar ein paar Tage nicht genommen. Damit das Blut gerinnt und ich nicht blute wie ein abgestochenes Schwein.

(Sie legt eine Hand sanft auf ihren Ausschnitt)

Jetzt steht es auf meiner Brust. Der hat es
so gestochen, dass es genau unter meinem BH
verschwindet. Es sind kleine Buchstaben.
Ich wollte nicht, dass es zu kitschig oder
zu auffällig ist. Denn es ist ja nur für
mich. Auf jeder Seite zwei Worte.

Im Augenblick tut es noch ziemlich weh und
die Haut ist voll gereizt. Dennoch fühlt es
sich gut an. Einfach zu wissen, dass es da
ist. Mein Motto. Und mein Wille: Cool Girls
can't die. Ich sehe es jetzt jeden Morgen
nach dem Aufstehen im Spiegel. Und es macht
mir Mut.

Ich habe keine Ahnung, woher diese Gewissheit plötzlich kommt. Ich fühle einfach,
dass es noch nicht so weit ist. Ich hab noch
Zeit. Sicher nicht so viel wie alle anderen. Aber ich kann die Schule fertig machen. Vielleicht studieren. Kunstgeschichte würde mir Spaß machen. Ich hab mal in
der Schirn eine Ausstellung gesehen. Echt
krass, wie die Künstler das geschafft haben,
diese Bilder zu malen, die Jahrzente und
Jahrhunderte überdauern ... Das will ich
auch können, was darüber lernen, über die
ganzen Stile und Epochen.

Meine Alten würde sicher der Schlag treffen. Oder vielleicht reden sie einfach mal
wieder normal mit mir, wenn ich was mache,
was ALLE tun. Studieren. So tun, als hätte
ich eine Zukunft. Andererseits: WARUM warte
ich darauf? WARUM kann ich nicht aufhören

zu hoffen? Meine sogenannte Mutter hat sich noch nie für jemand anderen interessiert. Sie allein zählt. Sonst keiner. Liebe? Fürsorge? Die weiß doch gar nicht, was das ist. Hinter ihrer strahlenden Fassade ist sie einfach nur herzlos und hohl.

Eigentlich ist sie diejenige, deren Herz kaputt ist. Total kaputt und ohne jede Liebe. Wenn sie eines Tages stirbt, bleibt nur eine Fassade. Ihr schönes Haus, ihre Kleider. Aber wirklich Bestand haben wird nichts davon.

Nur eins weiß ich: Mein Trotz, meine Wut auf sie - durch die bin ich geworden, wie ich bin. Kann endlich wieder frei atmen, habe geschrien vor Glück. Das kann mir keiner mehr nehmen.
Ich werde mein Leben jetzt anpacken, etwas daraus machen, meine Träume Wahrheit werden lassen, trotz der Krankheit. Ist doch egal, wie viel Zeit noch bleibt, Hauptsache, ich nutze sie. Manche Menschen leben ewig und erreichen trotzdem nichts. Stellen nichts dar und nichts auf die Beine. So will ich nicht werden. Jammern ist einfach nicht mein Ding. Ich will LEBEN! Zum Sterben ist später immer noch Zeit.

(Clipende)

29

Nachdem sie lange still nebeneinandergesessen hatten, fiel Jessis Blick auf ihre Uhr. Es war verdammt spät geworden und sie musste dringend nach Hause. Sie konnte ihre Eltern unmöglich aus dem Bett klingeln. So wie sie aussah schon gar nicht. Sie verschwand ins Bad, um sich ihre Jeans wieder anzuziehen. Dann ging sie auf Daniel zu, der immer noch völlig bleich und in Gedanken versunken war.

»Daniel, ich würde schrecklich gerne bleiben. Aber ich muss heim. Meine Eltern ...«

Er wischte sich die Augen. »Klar. Ich bring dich.«

»Musst du nicht. Ich schaff das schon. Wenn du mir nur das Geld für die Bahn leihen würdest. Ich hab keine Karte mehr und bei meinem Glück kontrollieren die heute.«

»Keine Widerrede. Ich hätte keine ruhige Minute nach allem, was heute passiert ist.« Leiser fügte er hinzu: »Außerdem kann ich noch nicht alleine sein, glaub ich.«

Dagegen konnte Jessi kaum etwas sagen. Schweigend liefen sie die Treppe hinunter. Als Daniel die Tür aufschob, fühlte Jessi, wie sehr ihre Wangen glühten. Die Abendluft wirkte wohltuend und erfrischend. Ruhig schloss sie die Augen und atmete tief ein. Sie fühlte sich seltsam geborgen, trotz des Überfalls, der erst wenige Stunden zuvor passiert war. Im selben Augenblick spürte sie, dass Daniel behutsam seine Hand in ihre schob. Sie drückte sie leicht und rang nach Atem, so nah fühlte sie sich ihm mit einem Mal. Die Trauer trennte sie nicht. Sie wirkte vielmehr wie ein Band, das sie beide zusammenhielt.

Ein lautes Aufheulen riss Jessi aus ihren Gedanken. Der Motor eines Motorrollers. Ein paar Meter vom Haus entfernt konnte sie das Gefährt und zwei Typen ausmachen, die in ihre Richtung schauten. Auch wenn sie sie zuvor nur flüchtig gesehen hatte, hegte sie keinen Zweifel, dass es die Kerle von dem Überfall waren. Offenbar hatten sie dort gewartet und nahmen jetzt drohend Haltung an. Einer stand breitbeinig neben dem Roller, die Arme vor dem Körper verschränkt, behielt den Helm dabei auf. Jessi rückte nahe an Daniel heran.

»Kennst du die?«, flüsterte er ihr zu.

Hilflos zuckte sie die Schultern. Sie hatte keine Ahnung, wer die beiden sein könnten.

»Keine Angst, wir gehen einfach weiter. Hier auf offener Straße können die uns kaum was tun.«

Jessi nickte und versuchte, sich ihre Angst nicht anmerken zu lassen. Als sie näher kamen, stellte sich auch der andere im Sitz auf und versperrte ihnen mit seinem Roller den Weg. Jessi beobachtete verblüfft, dass keiner der Passanten sich darüber beschwerte. Sie wechselten einfach die Straßenseite, schielten nur kurz aus den Augenwinkeln und hasteten dann eilig weiter.

Jessi musterte die beiden Männer, die in dunkle Jeans und Lederjacken gekleidet waren. Ihre Helme hatten einen dunklen Sichtschutz und waren schwarz, genau wie der Roller. Doch auch aus unmittelbarer Nähe konnte Jessi beim besten Willen nicht feststellen, ob sie die Typen von irgendwoher kannte. Der Fahrer war etwas korpulenter und kleiner als derjenige, der jetzt vor ihnen stand und das Visier anhob.

»Wo ist das Video?«, fragte er barsch.

Jessi fixierte den Gesichtsausschnitt, den sie unter dem Helm ausmachen konnte, aber er schien ihr weiterhin fremd. Dennoch war klar, von welchem Video er sprach – und er kannte definitiv sie beide. Der Überfall war also nicht zufällig passiert.

»Welches Video?«, entgegnete Daniel mit fester Stimme. »Ich habe keine Ahnung, wovon du sprichst.«

»Halt die Klappe. Ich rede nicht mit dir, sondern mit deiner Freundin. Die weiß schon, was ich meine. Also. Wo ist es?«

Jessis Gedanken überschlugen sich. War das etwa der Typ, der Nova gefilmt hatte? Aber seine Stimme klang ganz anders. Bevor sie etwas erwidern konnte, meldete sich Daniel zu Wort: »Ich halte ganz bestimmt nicht meine Klappe. Und wenn ihr denkt, dass ihr in dem Aufzug Eindruck macht, dann habt ihr euch geschnitten.« Er zog sein Handy aus der Tasche. »Die Bullen sind schneller hier, als ihr bis drei zählen könnt.«

Der große Typ sah den Dicken kurz an. Jessi dachte, dass der jetzt aufspringen und verschwinden würde. Aber sie hatte sich getäuscht. Sie lachten bloß.

Stattdessen ging der Große betont langsam auf den Roller zu und brachte ihre Handtasche zum Vorschein. Seine Augen waren zu Schlitzen verengt, als er wieder auf sie zutrat.

»Die willst du doch zurück, oder? Also sieh zu, dass du das Video besorgst. Meine Schwester kann es nicht leiden, wenn man ihr droht. Du hast 24 Stunden Zeit. Morgen, genau hier. Ansonsten ...«

Er machte einen weiteren Schritt vor und

war jetzt so nah, dass Jessi seinen Geruch nach Schweiß und Leder wahrnahm. Seine Ausdünstungen ekelten sie an.

Daniel trat sofort schützend dazwischen und Jessi presste ihre Lippen zusammen, um nicht laut zu schreien. Instinktiv hielt sie es für besser, sich still zu verhalten.

»Ansonsten geht's für dich das nächste Mal vermutlich nicht so glimpflich ab«, zischte der Kerl durch den Helm hindurch und musterte sie von oben bis unten.

An Daniel gewandt fuhr er mit fester Stimme fort: »Und die Polizei würde ich aus dem Spiel lassen, mein Freund. Ganz miese Idee. Wir wollen doch nicht, dass dir auch was passiert. Oder dass die in deiner Wohnung irgendwas finden, hm?«

Während Daniel noch darüber grübelte, woher die zwei seine Adresse kannten, schmiss der andere wie auf ein Kommando den Motor des Rollers an. Der Große warf die Tasche vor Jessis Füße. Ohne zu zögern sprang er mit einem Satz auf den Sozius und die beiden schoben sich ganz dicht an ihnen vorbei.

»24 Stunden«, grölte der Fahrer noch einmal und schlug unter Daniels Hand, sodass sein Handy mit einem harten Krachen auf den Boden schepperte. Dann rasten sie mit heulendem Motor davon.

Jessi konnte sich nicht bewegen und sah zu,

wie Daniel sich nach seinem Handy bückte, die Klappe wieder über das Akkufach schob und es anschaltete. Es hatte einen Riss im Glas, schien aber zu funktionieren, denn er tippte etwas ein.

»Alles okay?«, fragte er und reichte ihr ihre Tasche.

Jessi wollte antworten, doch sie hatte die Lippen so eisern zusammengepresst, dass es ihr jetzt vorkam, als könnte sie ihren Kiefer nicht mehr bewegen.

»Hey.« Daniel nahm sie in den Arm und hielt sie fest.

Jessi spürte seine Wärme und seine Kraft. Doch nur langsam löste sich ihre Erstarrung. Die Erkenntnis, dass Daniel nicht immer da war, mischte sich mit der Erinnerung, wie der Große sie wenige Stunden zuvor wie ein Spielzeug durch die Gegend geworfen hatte. Dieser Typ meinte es ernst. Er war stark. Am schlimmsten aber wirkte etwas ganz anderes: Er hatte keinerlei Angst.

Daniel zog sie am Arm zu einem Schaufenster und bugsierte sie auf den Mauervorsprung davor. Ihre Beine schlotterten.

»Hast du jetzt eine Ahnung, wer das gewesen ist? Von welcher Schwester hat der gesprochen?«

Jessi nickte nur, bekam aber kein Wort heraus.

»Meinst du, der hat das Video gedreht? Ich kann mich nicht daran erinnern, dass ich den auf der Party gesehen habe.«

Sie sah Daniel an. »Der sprach nicht von dem Video. Das muss Kims Bruder gewesen sein.«

Daniel sah sie verständnislos an.

»Ich habe Kim heute angelogen. Ich wollte sie unter Druck setzen, deshalb habe ich behauptet, es gäbe ein Video.« Sie stockte. »Und dass ich Beweise hätte.«

»Die es aber gar nicht gibt«, folgerte Daniel.

Jessi nickte.

»Scheiße.«

»Was machen wir jetzt?«, fragte sie unsicher.

»Erst einmal bringe ich dich nach Hause. Heute haben wir nichts mehr zu befürchten. Und ich besorge uns die Adresse von dem Typen.«

Jessi schaute ihn verwirrt an. Daniel hatte doch gesagt, er hätte die beiden noch nie gesehen. Sie verstand gar nichts mehr.

»Ein Kumpel aus meinem Footballteam ist bei der Polizei. Ich hab mir das Kennzeichen von dem Roller gemerkt«, antwortete er und hielt triumphierend das Handy hoch.

Das hatte er also gerade eingetippt. Ganz schön clever. Auf die Idee war sie am Nachmittag nicht gekommen. Dennoch wurde Jessi das Gefühl nicht los, dass diese Typen eine Nummer zu groß für sie und Daniel waren.

»Was sollte das heißen, das mit deiner Wohnung?«, fragte Jessi unsicher.

»Ich schätze, der meint Drogen. Dass sie etwas

in meiner Wohnung deponieren und dann selbst die Polizei rufen.«

»Das gibt's doch nicht. Ich meine, in Filmen, aber doch nicht im echten Leben.«

Jessi schlang schützend die Arme um ihren Körper. Jetzt wirkte die Luft plötzlich nicht mehr erfrischend, sondern kalt. Eiskalt.

Daniel nickte. »Anscheinend haben wir den Finger in ein echtes Wespennest gelegt.«

Sie schaute noch einmal in die Richtung, in die die beiden Kerle verschwunden waren. Ein Tag blieb ihnen noch. Verdammter Mist!

Sie schlang die Arme um ihren Körper. In was war Nova da nur hineingeraten? Und wie sollten sie wieder aus diesem Schlamassel herauskommen?

30

Daniel wartete, bis Jessi im Hauseingang des grünlichen Mehrfamilienhauses verschwunden war. Sie sah noch zierlicher und kleiner in dieser Umgebung aus. Ihr Zuhause wirkte trostlos, im ersten Stock hingen die Jalousien windschief vor den Fenstern. Das passte so gar nicht zu der schrillen Jessi. Vermutlich musste sie dieser Atmosphäre einfach Fantasie und Farbe entgegensetzen, um hier leben zu können.

Daniel verharrte noch einen Moment, bis er im dritten Stockwerk ein Licht angehen sah und kehrte dann beruhigt zur U-Bahn Station Ginnheim zurück.

Nachdem er sich vergewissert hatte, dass außer ihm niemand auf der Straße unterwegs war, wählte er die Nummer seines Kumpels.

»Hey, Steff. Entschuldige die Störung. Kannst du für mich etwas herausfinden? Ich müsste wissen, wer der Halter eines Rollers ist? Eine Freundin von mir ist heute überfallen worden, der Typ hat ihr die Handtasche geklaut ... Ja, ich weiß, sie muss Anzeige bei einer Polizeistation erstatten.«

Daran hatte er gar nicht gedacht. Scheiße. Er ärgerte sich, dass er Jessi nicht selbst dazu geraten hatte. Steffen war ein prima Kumpel, aber er nahm seinen Job bei der Polizei vollkommen ernst. Wie konnte er ihn nur dazu kriegen, ihm dennoch Namen und Adresse zu geben? Daniel überlegte einen Moment und entschied sich für einen Teil der Wahrheit.

»Steff, sie hat Angst. Der Typ hat sie bedroht und behauptet, er wüsste, wo sie wohnt. Und sie befürchtet, eine Anzeige könnte noch mehr Ärger bringen.«

Natürlich ließ Steffen nicht locker. Aber Daniel genauso wenig.

»Es gab nur einen Zeugen für den Überfall. Aber der ist kurz darauf einfach abgehauen. Sie hat bloß das Kennzeichen.«

Daniel hasste es zu lügen. Andererseits war ihm einfach nicht wohl bei dieser Geschichte. Die Typen hatten nicht zimperlich gewirkt und wenn es sich tatsächlich um Drogendealer handelte, dann musste Jessi wirklich aufpassen. Er setzte nach: »Steff, wenn ihr etwas passiert ... Das könnte ich mir nicht verzeihen!«

Zu Daniels Verwunderung entgegnete Steffen,

er wolle es sich überlegen, und bat um das Kennzeichen. Daniel nannte es ihm, bedankte sich und legte dann auf.

Dennoch beschlich ihn ein ungutes Gefühl. Was, wenn Steffen dort mit dem Streifenwagen vorfuhr? Er vergrub seine Hände in seinen Taschen. Egal. Es war das einzig Vernünftige, was er hatte tun können.

Zögernd ging Daniel zurück zur Haltestelle und stieg in die U1 Richtung Hauptwache ein. Er dachte nach. Jessi hatte erzählt, dass Tobi und Kim sich vor der Zeil-Galerie getroffen hatten. Er würde dort aussteigen. Es wäre zwar ein unglaublicher Zufall, aber vielleicht war dort noch jemand von der Clique.

Er schaute auf die Uhr. 24 Stunden. Sie hatten viel zu wenig Zeit. Eine Stunde war schon wieder vergangen. Deshalb musste er jede noch so kleine Möglichkeit nutzen. Er überprüfte sein Handy, aber es war noch keine Nachricht von Steffen da. Sicher hatte das Pflichtbewusstsein seines Freundes am Ende doch gesiegt.

Daniel beobachtete die wenigen Menschen, die um diese Zeit noch in der U-Bahn saßen. Die meisten waren still. Nur ein paar Jugendliche unterhielten sich lautstark und ließen die Bässe ihres Ghettoblasters durch den Waggon hallen. Sie würden jetzt wahrscheinlich durch die Stadt ziehen, Krach machen. Vor lauter Langeweile.

Ihre Baseballcaps waren mit Nieten verziert und die verspiegelten Brillen hatten sie auch um diese Tageszeit noch auf. Dicke Strassohrringe blitzten an den Ohrläppchen. In ihren Köpfen war offenbar nur Platz für Stars und Musik, sie hofften auf Ruhm und das schnelle Geld. Grölend verließen sie an der Bockenheimer Warte die Bahn, schubsten sich gegenseitig und pfiffen jedem Mädchen hinterher.

Von hinten näherten sich schlurfende Schritte. Bevor Daniel ihn sehen konnte, roch er den Mann, der ihm die Hand hinhielt und um einen Euro bettelte. Er kramte in seiner Tasche und zog etwas Kleingeld heraus.

»Aber kauf dir was zu essen, keinen Schnaps, hörst du?«, sagte er, doch das bekam der Mann schon nicht mehr mit. Der hatte die Münzen in seine vor Dreck starrende Hose gesteckt und latschte bereits zur nächsten Sitzreihe.

Mit Daniel stieg eine junge Frau aus, die anscheinend gerade von der Arbeit kam. Sie presste ihre Aktenmappe an sich und rieb müde ihre Augen.

Er liebte Frankfurt. Die Menschen hier waren so unterschiedlich wie die Gebäude: von der ultramodernen Skyline über die alten Gassen von Sachsenhausen und Bornheim mit ihren Fachwerkhäusern bis hin zum Saalhofgebäude aus der Stauferzeit. Diese Stadt war voller Brüche, das wurde ihm gerade jetzt wieder bewusst. Deshalb passte er hierher.

Er ging die Stufen hoch. Die Zeil war um diese Zeit fast leer gefegt. Daniel setzte sich auf eine der Bänke und betrachtete den gelb angestrahlten Commerzbank-Tower, als sein Handy vibrierte.

Der Typ hat das Video nicht gedreht. Die Stimme ist ähnlich, aber nicht seine. Hast du was rausbekommen?
J.
P.S. Ich hab eine Scheißangst.

Ich auch, dachte er. Allerdings mehr um Jessi als um sich. Ihr durfte nicht dasselbe passieren wie Nova.

Wieder schaute er auf die Uhr. Eine Weile konnte er noch abwarten, ob sich etwas tat, aber dann musste er nach Hause. Er brauchte etwas Schlaf, um morgen auf der Station fit zu sein.

Müde beobachtete er die Passanten. Es kam jedoch niemand, den er kannte. Als es kälter wurde und feuchte Luft vom Main heraufzog, machte er sich auf den Weg. Er wollte noch ein paar Meter laufen. Erneut vibrierte das Handy.

Der Halter des Rollers heißt Thorben Hartmann. Vorbestraft wegen Körperverletzung und Alkohol am Steuer. Von mir hast du das aber nicht. Deine Freundin sollte dringend Anzeige erstatten.
Steff

Daniel bedankte sich, aber er war frustriert. Der Name sagte ihm nichts. Hartmann ... Was hatte er eigentlich erwartet?

Er schickte Jessi eine Nachricht und erhielt prompt ihre Rückmeldung. Auch ihr sagte der Name nichts.

Kurz entschlossen rief Daniel Frederik an.

Gerade als er dachte, er ginge nicht dran, dröhnte Musik aus dem Hörer.

»Ja?«

»Frederik, ich will nicht lange stören. Kennst du einen Thorben Hartmann?«

»Warte. Ich verstehe dich kaum. Ich geh mal hier raus. Hast du Hartmann gesagt?«

»Ja. Thorben Hartmann.«

»Nee. Ich kenne nur Magnus.«

»Magnus Hartmann?«, fragte Daniel gespannt. »Der Magnus aus der Clique?«

»Ja, warum?«

Daniel hielt inne. Er wollte kein unnötiges Aufsehen bei Frederik erregen, dessen Rolle in der ganzen Geschichte er nicht kannte. Deshalb zermarterte er sich das Hirn, was er antworten könnte, aber ihm fiel keine flapsige Ausrede ein. Mit einem Mal wurde die Musik im Hintergrund leiser, so als wäre Frederik in einen anderen Raum gegangen.

»Bist du in einem Club?«, fragte Daniel rasch.

»Nee. Auf 'ner Party. Nicht schlecht hier.

Komm doch vorbei!« Frederik nannte die Adresse. Daniel kannte die Straße. Es war nicht allzu weit weg, im Westend.

»Scheiße!«, sagte Frederik plötzlich.

»Was ist?« Daniel konnte den besorgten Unterton in Frederiks Stimme nicht überhören.

»Daniel, ich muss Schluss machen. Tobi geht's nicht so gut. Ciao.« Doch bevor die Verbindung abbrach, hörte Daniel noch, wie Frederik sagte: »Du siehst echt daneben aus, Mann!«

Schon wieder Tobi, dem es nicht gut ging. Wie neulich am Brunnen. Er hatte geschwitzt, war blass und fahrig gewesen. Auch im Café mit den anderen hatte er völlig fertig gewirkt. Und hatte Frederik nicht auch gemeint, Tobi hätte nach der Party in der Schule gefehlt?

Irgendetwas machte ihm ganz offensichtlich zu schaffen. Daniel zog erneut das Handy hervor. Was hatte Jessi letztens gesagt? Die Stimme ... Magnus musste das Video von Nova gedreht haben. Jessi war schon damals im Center die Ähnlichkeit im Tonfall aufgefallen.

Rasch wählte er ihre Nummer.

»Hast du geschlafen?«

»Verflucht, nein. Du hast nicht geantwortet, deshalb war ich schon fast auf dem Weg zu dir.« Sie zögerte. »Ich hab mir echt Sorgen gemacht. Diese Typen ...«

»Genau aus dem Grund bleibst du auch daheim! Das musst du mir versprechen! Ich weiß jetzt, wem der Roller gehört: dem Bruder von unserem Großmaul Magnus. Erinnerst du dich? Der mit der Sonnenbrille! Und offenbar hatte sein großer Bruder schon ein paarmal mit der Polizei zu tun.«

Am anderen Ende der Leitung blieb es stumm.

»Jetzt müssen wir nur noch herausfinden, was Kims und Magnus' Brüder mit der Clique zu schaffen haben. Kennst du zufällig den Nachnamen von Kim?«

»Nein. Aber warte, ich schau nach.« Jessi kramte herum, dann war es wieder still. »Fries. Sie heißt Kim Fries.«

»Danke. Ich sehe jetzt zu, ob ich Tobi auf den Zahn fühlen kann.«

»Tobi? Wie willst du den denn jetzt finden? Wo bist du?«

»Im Moment noch auf der Zeil. Aber ich nehme mir ein Taxi. Die Clique ist wieder auf einer Party und ich schätze, da sollte ich auch hin.«

»Daniel?«

»Ja?«

»Ich hab kein gutes Gefühl.«

Daniel nickte. »Keine Sorge. Ich pass auf und melde mich morgen bei dir. Und du schlaf jetzt.«

31

Kurz entschlossen hatte Daniel sich in ein Taxi gesetzt. Der Fahrer war nicht begeistert gewesen, weil die Strecke nicht lang war, aber er konnte ihm die Fahrt auch nicht verweigern. Um seinen Unmut kund zu tun, hatte er die Musik auf volle Lautstärke gedreht. Schlager der schlimmsten Sorte. Daniel hasste diese krassen Ohrwürmer.

Er schaute nach draußen auf die Lichter der Stadt und war wieder einmal erstaunt, dass so wenige Menschen an einem Freitagabend in Frankfurt unterwegs waren.

Der Fahrer fuhr viel zu schnell, aber das war Daniel gerade recht, immerhin wollte er unbedingt die Party erreichen, bevor die Clique den Heimweg antrat. Allerdings hatte er keinen Schimmer, wie er ihnen entgegentreten oder was er sagen sollte.

Als sie um die letzte Ecke bogen, machte Daniel für den Bruchteil einer Sekunde am Straßenrand eine Gestalt aus, die gekrümmt auf einer Mauer saß.

»Anhalten!«, rief er.

»Nee, nee. Wir sind noch nicht da.«

»Halten Sie sofort an! Der Junge da vorne braucht Hilfe, Mann!«

»Ich mach ja schon.«

Mit quietschenden Bremsen kam das Taxi zum Stehen. Der Fahrer legte den Rückwärtsgang ein und setzte die letzten Meter zurück.

Daniel riss die Tür auf. Er hatte recht gehabt: Es war Tobi. »Warten Sie hier.«

Der Fahrer schrie ihm noch etwas hinterher, das aber in dem stimmungsvollen Tammtamm der Musik unterging.

Was für ein Widerspruch, dachte Daniel. Die fahrende Musikbox, die edlen Fassaden der Jahrhundertwende-Villen in diesem Viertel und der zusammengekauerte Junge vor ihm, dem es wirklich übel zu gehen schien.

Tobi zitterte am ganzen Körper. Er hielt den Kopf gesenkt, bemerkte scheinbar nichts um sich herum und hatte die Augen geschlossen. Der Gestank des Erbrochenen auf dem Gehweg war widerlich. Galle und Alkohol.

»Wenn der besoffen ist, nehm ich den aber nicht mit. Der kotzt mir nicht das Taxi voll!«, hörte Daniel den Taxifahrer hinter sich meckern.

»Der ist nicht besoffen, der ist krank!«, log Daniel.

Jetzt erst schaute Tobi ihn an. Sein Blick schien von weit her zu kommen. Als er Daniel erkannte, zuckte er zurück.

»Du schon wieder!«, brachte Tobi mit kratziger Stimme hervor. »Lass mich in Ruhe! Ich hab dir doch gesagt, dass Magnus es nicht leiden kann, wenn man ihm in die Quere kommt. Deshalb hau einfach ab, ja?«

Tobi wollte sich hochrappeln, war aber zu wackelig auf den Füßen und ließ sich widerwillig zurück auf die Mauer fallen.

»Die Uhr läuft übrigens«, brüllte ungeduldig der Taxifahrer in den Refrain von »Wir spielen Cowboy und Indianer« hinein. Daniel zeigte ihm den Daumen und hoffte, dass er jetzt die Klappe halten würde.

»Magnus ist mir scheißegal!«

Daniel zerrte Tobi am Arm hoch und bugsierte ihn um die Lache herum. Sobald er von dem Gestank weg war, kam wieder Farbe in sein Gesicht. Er rieb sich mit beiden Händen die Schläfen. Daniel reichte ihm ein Kaugummi gegen den fiesen Geschmack im Mund. Doch Tobi nahm keine Notiz davon, sondern schaute panisch um sich und eilte augenblicklich zurück zu dem Platz, an dem er gesessen hatte. Dann bückte er sich und zog eine zusammengeknüllte Tüte hinter der Mauer hervor.

»Hör zu«, sagte Tobi nun zu Daniel und klang plötzlich wieder ganz klar. »Ich hab nichts gegen dich. Ehrlich. Aber ich darf nicht mit dir gesehen werden ... Ich hab ohnehin schon genug Ärger.«

Flehend schaute er Daniel an und wollte schon auf dem Absatz kehrtmachen, doch Daniel hielt ihn zurück. Zwar hatte er Verständnis für Tobi, konnte ihn dieses Mal aber nicht einfach abhauen lassen. Er war die schwache Stelle in der Clique, deshalb musste Daniel mehr aus ihm herausbringen.

»Ist Magnus auch auf der Party?«, fragte er deshalb so beiläufig wie möglich.

Tobi schüttelte den Kopf. »Trotzdem: Die wissen ganz genau Bescheid, was ich mache. Oder die tauchen plötzlich irgendwo auf. Du kennst die nicht. Die verstehen keinen Spaß.«

»Oh doch, ich verstehe mehr als du denkst. Aber in dem Taxi sieht dich keiner. Komm, ich fahr dich heim. Währenddessen können wir reden.«

Tobi schaute auf das Taxi und Daniel glaubte Erleichterung in seinem Blick zu erkennen. Doch nach einer Weile schüttelte er wieder den Kopf und richtete sich auf.

»Reden bringt nichts. Ich komm schon klar«, sagte er.

Jetzt war es allerdings mit Daniels Geduld zu Ende. Offenbar verstand Tobi nur die unangenehme Tour. In barschem Ton fuhr er ihn deshalb an: »Aber ich nicht, verstanden? Was haben Magnus' und Kims Brüder mit euch zu schaffen? Die haben Jessi bedroht, hörst du? Dabei hat die doch gar nichts mit der Party zu tun gehabt! Es geht dabei um Drogen, oder?«

Tobi riss die Augen auf und legte den Finger auf die Lippen. Panisch wandte er den Blick ab.

»Du steckst da mit drin, Mann! Und ich schwöre dir, ich kriege raus, was ihr treibt! Ich kann nicht zulassen, dass noch einem Mädchen etwas passiert. Also hilfst du mir jetzt, oder was?«

Tobi schüttelte den Kopf und wich Daniels Blick weiter aus.

»Wenn sie macht, was die wollen, dann kann ihr gar nichts ...«

»Sie kann aber nicht!«, fiel Daniel Tobi ins Wort. »Jessi hat nur geblufft. Sie wollte Kim provozieren. Und jetzt sitzt sie wirklich in der Klemme. Verstehst du das?«

»Scheiße«, erwiderte Tobi. »Aber ... ich kann dir nicht helfen. Wenn ich die verpfeife, dann ...«

»Was dann? WAS?«, schrie Daniel verzweifelt.

»Können wir?«, nörgelte der Taxifahrer dazwischen, der jetzt zu ihnen getreten war. »Oder schlagen wir jetzt hier Wurzeln?«

»Wir fahren«, antwortete Daniel, packte Tobi

unsanft am Arm und raunte ihm ins Ohr: »Und wenn wir bei dir sind, erzählst du mir, was ich wissen will. Verstanden?«

Tobi gab schließlich nach, folgte Daniel mit gesenktem Kopf und nahm auf dem Rücksitz Platz.

»Schottener Straße sieben«, sagte Tobi von hinten.

»Also nicht mehr zu der alten Adresse?«, vergewisserte sich der Taxifahrer.

Daniel nickte und war jetzt froh über die laute Musik. Tobi würde vor dem Typen ohnehin nicht den Mund aufmachen.

32

Tobi wies den Taxifahrer an, kurz vor der genannten Adresse zu halten und stieg aus. Nachdem Daniel bezahlt hatte, folgte er ihm an eine Bushaltestelle, wo dieser sich bereits niedergelassen hatte. Daniel hockte sich daneben und schwieg.

Tobi wippte nervös mit seinem Bein. Seine Finger krallten sich so sehr um die Tüte, dass seine Knöchel weiß hervortraten. Er atmete schwer und sah immer wieder nach rechts und links. *Wie ein verfolgtes Tier,* dachte Daniel.

»Ich kann einfach nicht mehr«, stieß er schließlich hervor. »Ich hab das alles nicht gewollt. Nichts davon. Nur meine Ruhe.«

Er stöhnte laut auf. »Ich Vollholz dachte, wenn ich zur coolsten Clique gehöre, dann hätte ich meine Ruhe! Und jetzt ...«

Er stand auf und drehte sich im Kreis.

»Jetzt hab ich so richtig Scheiße am Bein. Die können mir alles kaputt machen. Buchstäblich alles! Ich wollte studieren, weißt du?! Ich wollte hier raus, es mal besser haben, als meine Alten. Nur deshalb ...« Er schlug mit der Faust gegen die Wand des Bushäuschens und schrie auf.

»Was ist in dieser Nacht passiert? Ich meine, bevor du mich zu Nova gebracht hast. Und erzähl mir nicht wieder, du wüsstest von nichts und würdest sie nicht kennen. Ich bin nicht blöd, weißt du.«

»Ich ...« Tobi hielt inne. »Nein, verdammt, ich kann das nicht sagen. Ich hab's geschworen!«

Daniel war im Nu auf den Beinen und packte Tobi am Kragen seiner Jacke. »Du sagst mir jetzt, was du weißt! Hörst du! Du hast den Typen meine Adresse gegeben. Niemand außer dir hatte die! Also spuck schon aus! Und verarsch mich nicht!«

Tobias presste die Lippen zusammen und schüttelte den Kopf. Daniel stieß ihn wütend von sich, sodass er hart gegen die Bushaltestelle donnerte. Es gab nur eine Möglichkeit: Er musste noch einmal bluffen.

»Hör mir gut zu.« Er baute sich vor Tobi auf und straffte die Schultern. »Nova ist aufgewacht«, log er. »Sie hat längst alles erzählt. Es ist also völlig egal, was du jetzt machst. Ich will es nur einfach verstehen.«

Dann machte er eine kurze Pause, um das Gesagte wirken zu lassen und trat einen Schritt zurück. Also Tobi weiter schwieg, fuhr er mit festem Ton fort: »Wir wissen genau, was ihr mit ihr gemacht habt!«

Tobi sackte in sich zusammen, seine Lider flatterten.

»Wir haben nichts gemacht! Ich hab sie bloß geküsst, mehr war da nicht. Dann ist sie zusammengebrochen ... Ich schwöre! Außerdem wollte sie das doch auch. Den ganzen Abend hat sie uns angemacht! Jeden von uns.«

Tobi brach ab. Seine Lippen bebten und Schweiß lief ihm übers Gesicht. Plötzlich fiel die Tüte aus seiner Hand. Die feuchten Hände hatten das Papier durchweicht, sodass sie an einer Seite aufplatzte und die Säckchen mit bunten Tabletten und Gras zum Vorschein brachten.

Hastig bückte sich Tobi, flüsterte nur immer wieder »Scheiße, Scheiße!« und schob die Plastiksäckchen unbeholfen wieder in die Tüte. Jessi hatte nicht unrecht gehabt. Aber die Einkäufe, die Kim für die Clique machte, waren weit mehr wert als Klamotten von Hollister.

Daniel lenkte ein, denn jetzt würde Tobi sicher nichts mehr leugnen. »Ich weiß, dass du nur ein Laufbursche bist. Nichts weiter. Aber wir brauchen Beweise gegen die, die das ganze Spiel lenken. Wenn du uns hilfst, die zu kriegen, dann lege ich bei meinem Kumpel bei der Polizei ein gutes

Wort für dich ein. Aber dafür musst du uns alles erzählen. Alles, verstehst du?«

Verlegen stand Tobi jetzt vor Daniel. Prüfend schaute er ihm ins Gesicht. Daniel hielt seinem Blick stand, sah wie der Junge mit seinem Gewissen kämpfte.

Endlich nickte er. »Okay. Ich mache mit.«

33

Mit zitternden Händen schob Jessi ihre Sonnenbrille höher, bis sie so fest auf ihrem Nasenrücken saß, dass es schon wehtat. Sie hockte auf der vereinbarten Bank an der Katharinenpforte und schaute nervös um sich. Sie konnte nicht still sitzen und fühlte sich unwohl, weil sie nicht wusste, aus welcher Richtung Kim und Magnus kommen würden.

Wenn sie überhaupt kamen. Jessi hatte immer noch Zweifel daran, ob sie den Köder geschluckt hatten. Das offene Gelände an dem Platz hatte sie nach einiger Überlegung dazu bewogen, diesen Treffpunkt auszusuchen. Er war belebt, aber nicht so stark wie die Zeil. Daniel hielt sich hinter ihr in einem italienischen Restaurant verborgen. Sie waren beide lange vor der vereinbarten Zeit dort gewesen, um vorher abzuchecken, ob die zwei sich vielleicht Verstärkung geholt hatten.

Daniel hatte zu bedenken gegeben, wie sehr Tobi unter Druck stand, und dass er vielleicht doch noch einknicken würde.

Jessi beschloss, sich besser nicht weiter mit dieser Möglichkeit zu beschäftigen. Positiv denken. Sie schloss kurz die Augen und zählte langsam von zehn herunter. Dann sah sie auf ihre Uhr.

Fünf Minuten noch. Sie nahm die Brille ab und steckte sie in ihre Tasche. Wieder überprüfte sie, ob beide Handys darin waren, und befühlte wohl schon zum zehnten Mal deren Konturen. Sacht zog sie den Reißverschluss zu.

Wenn sie doch nur irgendetwas tun könnte! Sie war es nicht gewohnt, einfach nur rumzusitzen. Wollte sie sich entspannen, dann ging sie spazieren. Und wenn sie irgendwo saß, hörte sie Musik oder nahm ein Buch zur Hand. Einfach nur dazusitzen, ihren Gedanken nachzuhängen oder zu warten, fiel ihr schwer. In dieser ungewöhnlichen Situation umso mehr. Dabei musste sie so lässig wie möglich tun. Nur nicht auffallen.

Jessi krallte ihre Nägel in die Holzbohlen der Bank. Versuchte, sich auf die einzelnen Finger zu konzentrieren, sie nacheinander anzuspannen. Dann schaute sie wieder nach rechts und links. Ihre Füße schwitzten in den Schnürstiefeln und auch ihre Handflächen waren feucht. Sie wischte sie an ihrer Skinnyjeans ab.

Eine Ponysträhne fiel ihr ins Auge, das sofort

zu tränen begann. Ausgerechnet jetzt! Sie blinzelte und wischte darüber. Plötzlich jaulte ein Motorrad auf.

Jessi zuckte zusammen und riss den Kopf in die Richtung, aus der es kam. Aber das Fahrzeug raste nur die Große Eschenheimer Straße entlang und verschwand schnell aus ihrem Blickfeld. Hörbar stieß sie den Atem aus und beobachtete die Tauben, die über den Asphalt liefen. Eine hatte ein kaputtes Bein, eine Kralle fehlte. Wie hielt sich das Tier beim Schlafen mit nur einem Fuß auf einem Ast fest?

Jessi erschrak, als die Taube einen großen Hüpfer machte und dann dicht über ihren Kopf hinweg in die Luft flog. Als sie ihr irritiert nachsah, entdeckte sie Kim und Magnus.

Jessi zwang sich, sitzen zu bleiben, ganz cool. Sitzen war eindeutig lässiger. Ihre Mienen waren aalglatt, nur Kims Schritte wirkten steifer als sonst. Kurz bevor die beiden den Treffpunkt erreichten, stand Jessi auf. Ihre Beine waren wie Gummi und sie hatte ein hohles Gefühl im Bauch. Daniel hatte sie ermahnt, etwas zu essen, aber sie hatte nichts heruntergebracht.

»Also, was hast du?« Magnus kam gleich zur Sache. Er trug heute keine verspiegelte Brille und Jessi konnte zum ersten Mal seine Augen sehen. Sie hatte vermutet, sein Blick wäre kalt. Aber er schaute eher abgestumpft und gelangweilt. So, als hätte er schon alles gesehen und sei der Welt überdrüssig.

Jessi wollte etwas sagen, doch ihre Kehle war so trocken, dass sie sich erst räuspern musste.

»Seid ihr alleine?«

Magnus grinste. Dann sah er an sich herunter, schob seine Hände in die Hosentaschen und zog das Futter nach außen.

»Da ist jedenfalls niemand.« Seine Oberlippe bog sich seltsam nach oben. »Außer meinem kleinen Freund hier, aber den hast du bestimmt nicht gemeint, oder?«

Er wippte mit seiner Hüfte ein Stück nach vorne, um die Bemerkung zu unterstreichen.

»Oder bringt es dein großer Freund nicht mehr, he?«

Kim lachte affektiert.

Abschaum. Die waren wirklich das Letzte! Mit einem Mal übermannte Jessi eine solche Wut, dass sie sich nur schwer im Zaum halten konnte, um nicht einfach laut loszubrüllen.

»Und ich dachte, du brauchst immer deinen Hofstaat um dich herum, um dich stark zu fühlen.«

Das Grinsen verschwand aus Magnus' Gesicht.

Gleich setzte sie nach: »Und apropos kleiner Freund: Braucht der auch Unterstützung? Ich hab gehört, du verstehst was von Pillen.«

Magnus machte einen Schritt auf sie zu und

ballte die Fäuste. Seine Nasenflügel blähten sich wütend nach außen.

»Lass dich doch von dieser Schlampe nicht provozieren.«

Kim hielt ihn am Arm fest. Dann wandte sie sich an Jessi: »Quatsch nicht blöd rum. Wo ist es? Oder muss mein Bruder dich erst besuchen kommen? Er hat zwar gemeint, du wärst nur ein mageres Gerippe und er steht eigentlich auf echte Frauen. Aber im Zweifel fällt ihm sicher etwas ein, was er mit dir anstellen könnte.«

Verächtlich musterte Kim Jessi von oben bis unten.

»Hier«, sagte Jessi und klopfte auf ihre Tasche.

»Du bluffst!« Kim musterte sie prüfend.

Jessi griff in ihre Tasche, suchte einen Moment darin herum und zog dann Novas Handy raus, das sie in eine Plastiktüte gesteckt hatte. Auch durch die Tüte konnte man deutlich die Hülle mit dem glitzernden Totenkopf sehen.

Kim wollte danach greifen, aber Jessi zog die Tüte rasch zurück.

»Nicht so eilig. Ihr müsst noch was wissen. An dem Ding sind deine Fingerabdrücke, Magnus. Und das Video ist mehr als eindeutig: Es ist deine Stimme.«

Dann wandte sie sich an Kim. »Und deine Show ist hier drauf.« Mit diesen Worten zog sie das zweite Handy aus ihrer Tasche und hielt nun in jeder Hand eines.

Magnus stand mit weit aufgerissenen Augen vor Jessi. Niemand sagte ein Wort.

Plötzlich begann Magnus lauthals zu lachen und klopfte sich auf die Schenkel. Genau wie Kim schaute Jessi ihn irritiert an.

Als er sich wieder beruhigt hatte, fragte er nur ganz locker: »Das ist alles? DAS sind deine Beweise?«

Jessi nickte und bemühte sich um eine feste Stimme. »Das reicht. Und an Novas Klamotten wird man auch etwas finden. Fasern, Hautschuppen, irgendwas.«

»Du guckst zu viel Fernsehen«, sagte Magnus herablassend. »Außerdem gibt es da nichts. Wenigstens nicht von mir. Angetatscht hat sie nur Tobi. Wir anderen kamen leider nicht zum Zug.« Er leckte sich über die Lippen. »Ich hab sie nur ein bisschen in Stimmung gebracht.«

»Was soll das heißen?«, fragte Jessi und schaute ihn mit ungerührter Miene an.

»Na, was ich sage. Sie wollte Party machen und ich habe ihr den nötigen Kick verpasst. Du verstehst schon, sie ein wenig locker gemacht. Würde dir auch guttun. Du wirkst auch viel zu verkrampft.«

Wieder ließ er den Blick über ihren Körper wandern, klopfte dann auf seine Brusttasche und zwinkerte ihr zu.

»Hm? Wie wär's? Wenn wir heute noch ins Geschäft kommen, dann hätte sich der Weg hierher wenigstens gelohnt.«

»Lass das«, fuhr Kim Magnus an. »Die hat doch keine Kohle. Und ich hab gleich gesagt, dass die blufft.«

»Woher bekommt ihr das Zeug? Macht ihr das selbst?«

»Spinnst du?« Magnus lachte. »Das fliegt viel zu schnell auf. Außerdem kann man das günstig aus dem Ausland beziehen. Mein Bruder«, er zwinkerte, »mit dem du ja auch schon Bekanntschaft gemacht hast, kennt sich da gut aus.«

»Halt die Klappe!« zischte Kim. »Was erzählst du der? Bist du verrückt?«

Magnus warf Kim einen verächtlichen Blick zu. »Du hast einfach kein Auge für Kundschaft.«

Und mit einem Blick zu Jessi fügte er hinzu: »Ich schon.«

»Und ich«, antwortete Jessi, »ich hab genug von dem Gelaber gehört. Lass mal sehen. ICH glaub dir nämlich kein Wort. Du riskierst hier nur eine dicke Lippe, sonst nichts. Viel heiße Luft ...« Jetzt war es an ihr ihn zweideutig zu mustern.

Er lachte. Offensichtlich gefiel ihm das Spielchen. Kim schaute nervös zwischen ihnen hin und her und zerrte an seiner Jacke, doch er schien das gar nicht zu bemerken.

»Wir können eine ganze Kompanie versorgen,

Süße. Deshalb sind wir als Partymacher ja so beliebt.«

Mit diesen Worten zog er eine Plastiktüte aus der Innenseite seines Blazers. Jessi starrte darauf. Die Dinger sahen aus wie die Traubenzucker-Herzen, die sie als Kind so gerne gegessen hatte. In diesem Moment hob sie den Arm mit dem Handy über ihren Kopf.

»Achtung, Polizei!«, dröhnte eine Megafon-Durchsage über den Platz.

»Wa... – Miese Schlampe!«, knurrte Magnus und spuckte Jessi mitten ins Gesicht.

Doch zu mehr kam er nicht. Ein Beamter war bereits bei ihnen, drehte Magnus einen Arm auf den Rücken und legte ihm Handschellen an. Daniel trabte zusammen mit Steffen über den Platz, während Jessi sich den Speichel von der Wange wischte.

»Hast du alles?«

»Klar.« Sie schüttelte das Taschentuch. »Und DNA habe ich jetzt auch.«

Steffen lachte und klopfte ihr anerkennend auf die Schulter.

»Das hast du wirklich gut gemacht für eine Anfängerin!«

»Ich war mir die ganze Zeit nicht sicher, ob ich auch wirklich die Aufnahme gestartet hatte. Aber sie läuft noch.«

Sie hielt ihr Handy hoch. Die Kamera nahm

auf, seit sie das zweite Handy aus ihrer Tasche gezogen hatte.

»Das war ich Nova schuldig. Aber eins muss ich jetzt noch klären.«

»Wir müssen allerdings so schnell wie möglich aufs Revier. Deine Aussage aufnehmen«, wandte Steffen ein.

»Kein Thema. Bin gleich wieder zurück. Es dauert nur eine Minute.«

Jessi drehte sich um und ging noch einmal auf Kim zu, die bereits in dem Polizeifahrzeug saß. Ihren schlecht gefärbten Scheitel nahm Jessi jetzt zum ersten Mal wahr. Vorher hatte sie sich immer von den teuren Klamotten blenden lassen. Wie dumm von ihr.

»Ich möchte nur eins wissen, Kim. Warum?«

»Warum, warum«, äffte Kim Jessi nach. »Warum schon? Weil sie Kohle hat. Nova stinkt vor Geld. Darum.«

Jessi konnte nichts dagegen tun, aber ihr liefen die Tränen still an den Wangen herab.

»Hast du etwa noch Geld aus ihrem Portemonnaie genommen, nachdem sie ...«

Kim zuckte bloß mit den Schultern. »Und? Die hat's doch im Überfluss! Braucht nur bei ihren Eltern die Hand aufhalten.«

»Sie ist krank, Kim. Unheilbar krank. Ist das denn nicht genug?«, fragte Jessi und wischte sich die Tränen fort.

»Gestorben wäre sie ja sowieso. Und du musst zugeben, dass es dann doch besser ist, sie hat noch ein paar geile Stunden. Solltest du auch mal probieren, Jessi. Dann bist du nicht immer so ...« Kim suchte nach dem passenden Wort. »... steif. Wie Magnus vorhin gesagt hat. Das Zeug ist echt klasse, wenn du Party machst. Und Nova wusste halt, wie man feiert!«

Jessi schmeckte Galle in ihrem Mund. Sie hatte recht gehabt. Wäre sie mit zu dieser Party gegangen, wäre das alles nie passiert.

»Du bist einfach nur widerlich, Kim, weißt du das? Sie war doch deine Freundin. Sie hat dir vertraut!«

»Tja, Pech gehabt, würde ich da mal sagen. Meine anderen Freunde haben mir auch vertraut, dass ich ihnen mal wieder ein Vögelchen liefere, das genug Kohle hat, um eine anständige Party zu schmeißen. Weißt du, wieviel wir da verdienen, wenn wir die Gäste versorgen? Da kommen schon mal an die 200 Leute! Dann sind wir für einen Monat saniert. Und dabei amüsieren wir uns auch noch prächtig.«

Jessis Unterlippe zitterte. Sie sehnte sich danach, Kim ihre Handtasche in den Mund zu stopfen.

»Du hast sie auf dem Gewissen«, zischte Jessi. »Wenn Nova stirbt, dann ist es deine Schuld.«

Kim hatte Nova in eine Falle gelockt. Und Jessi

hatte sie alleine gelassen. Somit hatte Nova doch richtig gelegen. Sie hatte immer behauptet, dass sie am Ende alleine wäre. Und so war es gekommen. Ihre letzten Minuten hatte sie mit falschen Freunden verbracht.

»Ach was! Jetzt tu nicht so. Nova hat doch ohnehin nie was anbrennen lassen. Die wollte alles mitnehmen. Das hat sie mir selbst gesagt auf dem Weg zu der Party. ›Ich fühle mich großartig‹, hat sie geschwärmt. ›Heute will ich richtig feiern.‹ Ich hab sogar noch mal nachgefragt, ob sie das wirklich so meint. Und sie hat wild genickt und gelacht. ›Ich will alles!‹ Das hat sie gebrüllt. Also habe ich Magnus und den anderen Bescheid gegeben. Na ja, der Rest ist halt dumm gelaufen. Konnte doch keiner wissen, dass Nova von 100 Milligramm gleich aus den Latschen kippt.«

Jessi schluckte hart. Sie suchte das Taschentuch, an dem sie sich bis jetzt krampfhaft festgehalten hatte. Eine Fliege surrte zwischen ihnen herum und ließ sich dann auf Kims Schulter nieder. Kein Wunder, dass das Insekt sich genau diese Person ausgesucht hatte. Fliegen fühlten sich wohl auf Scheiße.

34

Da lag es und war so schön, dass er die Augen nicht abwenden konnte, und er bückte sich und gab ihm einen Kuss. Wie er es mit dem Kuss berührt hatte, schlug Dornröschen die Augen auf, erwachte und blickte ihn ganz freundlich an.

Daniel setzte sich an Novas Bettkante. Er strich ihr die Haare aus dem Gesicht. Jessi hatte sie wieder zurechtgemacht, die Blumenranken waren verschwunden und stattdessen hatte sie Nova Lidschatten in verschiedenen Blautönen aufgetragen.

Eine Bewegung auf dem Monitor lenkte ihn ab. Hatte sich Novas Herzschlag verändert? Oder hatte er sich das nur eingebildet?

Er seufzte. Wie hatte er nur glauben können, dass Nova so verantwortungslos war?

»Es tut mir leid. Das meine ich ganz ehrlich, Nova«, sagte er zögernd. »Du hast schon so viel durchgemacht. Und dann komme ich, kenne dich kein bisschen und denke sofort das Schlechteste. Als ich das mit den Drogen gehört hab, da dachte ich ... Du hörst das vielleicht nicht. Aber falls doch: Es tut mir leid. Ich hätte es besser wissen müssen. Ich hab dich vorher gesehen. Und du bist einfach nicht der Typ dafür. Du warst viel zu zufrieden. Hast so sehr in dir geruht. Deshalb: Entschuldige.«

Er strich über ihren Handrücken, an der Verdickung vorbei, die sich unter der Kanüle gebildet hatte. Irritiert schaute er noch einmal zu dem Monitor. Jetzt war er sicher. Der Rhythmus ihres Herzschlags hatte sich beschleunigt.

»Ich will dich nicht aufregen«, sagte er unsicher. Doch er war noch nicht fertig. »Es ist nur: Ich wünschte, ich hätte dich gekannt. Jessi hält so große Stücke auf dich. Und du fehlst ihr.«

Er räusperte sich, schaute auf die blinkende Kurve, die den Herzschlag abbildete.

»Ich glaube, du bist etwas Besonderes. Und ich bewundere, wie stark du bist.« Er zögerte. »Das wollte ich nur sagen.«

Einem Impuls folgend, beugte er sich vor, hielt kurz über ihrem Gesicht inne, dann schloss er die Augen und gab ihr einen flüchtigen Kuss auf die Wange.

Wieder starrte er auf den Monitor. Die Signale beschleunigten sich. Sollte er der Schwester Bescheid geben? Nova lag schon so lange hier, vielleicht hatte niemand diese Veränderung bemerkt. Obwohl ... vermutlich hoffte er einfach nur auf ein Happyend.

Er stand auf, hob zum Abschied die Hand. Während er zur Tür ging, hörte er ein leises Rascheln, dann ein Husten. Daniel rannte zum Bett. Er hatte sich nicht getäuscht. Sofort drückte er den Knopf, um die Schwester zu rufen.

Heilige Scheiße! Sie wachte auf! Nova würde leben!

35

Jessi schob vorsichtig den Rollstuhl in Richtung des Ausgangs, um über die Rampe nach draußen zu fahren, wo sie auf das Taxi warten wollten.

Nova hielt es keine Sekunde länger im Krankenhaus aus, hatte sie gesagt und wollte sich sofort auf den Weg machen. Noch bevor sie durch die Tür waren, entdeckte Jessi Daniel, der an der kleinen Mauer neben dem Fahrradständer lehnte. Er war mit seinem Handy beschäftigt.

»Da steht er«, raunte sie. »Hab ich zu viel versprochen?«

»Nein. Definitiv nicht. Du hast eher untertrieben. Wie immer.« Nova drehte sich grinsend um und zwinkerte ihr zu. Dann zog sie die Bremse.

»Und was machen wir jetzt?«

Jessi schaute sie irritiert an. »Nach Hause fahren?«

»Quatsch. Du weißt, was ich meine! Mit ihm! Was machen wir mit ihm?«

Sie wusste, was Nova meinte, zuckte aber dennoch die Schulter und drehte die Plastikgriffe am Rollstuhl.

»Was soll mit ihm sein?«

»Jessi, jetzt komm mal hier rum, ich will mich nicht so verbiegen. Also: Ich habe einen Herzfehler, aber ich bin nicht taub. Du bist total verliebt in diesen Daniel! Du musst nicht für mich das Feld räumen, nur weil ich krank bin. Ich weiß doch, wie lange du nach jemandem gesucht hast, der es wert ist.«

Nova beugte sich tief runter und versuchte, Jessi, die jetzt vor ihr hockte, ins Gesicht zu sehen.

Sie hob Jessis Kinn an, aber die wich hartnäckig ihrem Blick aus. Dennoch fragte Nova: »Und? Ist er es wert?«

Jessi zuckte wieder die Schultern, hielt ihren Blick aber weiter gesenkt, aus Angst, Nova könnte in ihren Augen lesen wie in einem Buch.

Aber Nova wäre nicht Nova, wenn sie sich davon irritieren ließe. Sie hatte eigene Sensoren, die ihr ohnehin längst verraten hatten, wie es um Jessi bestellt war. Deshalb riet sie ihrer Freundin: »Ich glaube schon, dass er das ist. Und du solltest ihm das sagen, Jessi. Ihr habt doch in der letzten Zeit viel miteinander gemacht. Schmeiß das nicht einfach hin, auch nicht für mich, verstanden! Versteck deine Gefühle nicht, sondern zeig sie ihm. Bitte.«

»Aber er ...« Jessis Stimme war ganz brüchig, so sehr wurde sie von unterschiedlichen Emotionen überwältigt. »Er hat sich so um dich gekümmert. Du hättest ihn sehen sollen, dann wüsstest du, wieso ich ...«

Sie schüttelte den Kopf und wollte wieder hinter den Rollstuhl verschwinden, die Diskussion damit unterbrechen, aber Nova hielt sie am Arm fest.

»Jessi, hey! Du weißt eine Sache noch nicht: Er hat mich geküsst.«

Jessi nickte. Sie hatte es gewusst. Er hatte sich auf der Party in Nova verguckt. Deshalb hatte er ihr geholfen. Weil er von ihr fasziniert war. Das hatte er ihr sogar selbst gesagt.

»Hier im Krankenhaus.« Nova grinste. »Aber nicht so, wie du denkst. Das war ein Bruderkuss. Null Leidenschaft. Er hat da was wiedergutmachen wollen. Mehr nicht. Ich kenne mich da aus, wie du weißt. Da war kein Gefühl im Spiel.«

»Meinst du?«, krächzte Jessi. »Ich weiß nicht ... «

»Aber ich. Ganz sicher!« Nova drückte noch einmal fest ihren Arm, ließ sie dann aber los.

»Und jetzt bitte zackig da hinten. Ich will diesen Kerl endlich mal aus der Nähe begutachten, ob der auch Manieren hat und gepflegt ist, bevor ich dich in seine Hände gebe. Am besten noch, bevor unser Taxi kommt. Also hopp, nicht dass wir hier festwachsen.«

Jessi umarmte Nova von hinten.

»Aaah«, schrie die theatralisch und lachte. »Du sollst mich nicht würgen! Schieben, habe ich gesagt.«

Jessi bewegte den Rollstuhl ein Stück weiter. Als die Tür sich automatisch öffnete, hob Daniel den Kopf. Er lächelte und schaute Jessi direkt in die Augen.

»Siehst du«, flüsterte Nova ihr zu. »Mit Herzen kenne ich mich aus und das da schlägt eindeutig für dich!«

Einige Monate später...

Ich kann es kaum erwarten. Wann klingelt nur endlich dieses verflixte Telefon? Vor lauter Angst, ich könnte den Anruf verpassen, traue mich nicht aus dem Haus, nehme den Hörer sogar mit aufs Klo. Unzählige Male hab ich heute schon auf dem Klo gesessen, vor lauter Nervosität, ich schwörs.

Wie lange die sich wohl noch Zeit lassen? Schon halb elf. Mist. Haben die etwa doch bei meinen Eltern angerufen? Kann nicht sein, ich hatte doch extra die Nummer von hier noch mal im Sekretariat hinterlegt, das weiß ich ganz genau. Und das würden meine alten Herrschaften ja wohl hoffentlich echt nicht bringen: NICHT anzurufen, wenn die Schule ihnen MEINEN Notendurchschnitt mitteilt.

Oh Mann. Hätte ich doch nur irgendwas zu tun! Irgendwas Blödes, Stumpfes, was mich ablenkt.

Heute morgen um fünf, als ich nicht mehr schlafen konnte, habe ich Muffins gebacken. Platte, hässliche Muffins. Die sehen eher aus wie Kekse. Krass, oder? Ich könnte noch Sprühsahne draufhauen, um sie ein bisschen aufzuhübschen. Bescheuert.

Aber ich habe nichts Besseres zu tun, als mir solche abgedrehten Hausfrauengedanken zu machen. Ich fass es nicht, ehrlich! Staubgesaugt hab ich auch schon. Haha, ICH und staubsaugen, das glaubt mir keiner. Mittlerweile ist mein Zimmer so aufgeräumt und ultraclean, da könnte man auf dem Fußboden locker eine Operation am offenen Herzen durchführen.

Vielleicht hilft es, wenn ich mich in die Hängematte lege, die Tobi am letzten Wochenende auf meinem Balkon aufgehängt hat. Das soll ja angeblich entspannen. Der ist sicher froh, wenn ich endlich nach Berlin abhaue. Er wird wohl auf ewig ein megaschlechtes Gewissen haben; der kann mir bis heute immer noch nicht richtig in die Augen gucken. Manchmal macht es mir Spaß, ihn damit aufzuziehen. Ich fasse mir dann an den Kopf und stöhne theatralisch. Dann schaut er so ängstlich, als würde ich im nächsten Augenblick vor seinen Augen abkratzen. Armer, guter Tobi. Aber er ist ein übelst guter Handwerker, das muss man ihm lassen.

Berlin. MEIN Traum. Als wir hier in meiner Bude zusammen Silvester gefeiert haben, war die Idee plötzlich da: Jessi, Daniel und ich gehen zusammen nach Berlin. Wenn ich nur den scheiß NC schaffe!

Berlin ♥♥♥ Das wird noch genialer, als hier allein zu wohnen. Endlich gaaaanz weit weg von meinen Alten, die nicht einmal mit der Polizei gesprochen haben, als sie gehört haben, dass bei der Blutuntersuchung Drogen nachgewiesen wurden. Mit solchen Aliens hätte ich nach dem Krankenhausaufenthalt keine Sekunde länger unter einem Dach wohnen können. Dass sie mich jetzt noch unterstützen, ist ein feiner Zug. Und ich fühle mich sooo gut, seit ich mich nicht mehr täglich für meine Existenz entschuldigen muss.

In einer halben Stunde kommt Jessi von ihrem Fotoshooting. Cool, dass sie jetzt selbst modelt. Sie ist ja auch eine echt heiße Type. Tut ihrem Selbstbewusstsein gut.

Vielleicht teste ich noch einmal, ob das Telefon funktioniert? Ich könnte mich selbst mit dem Handy anrufen ...
Ach, verflucht! Die machen mich fertig! Wöhlerschule ruf an!!!
Mein Gott. Ich halte das nicht mehr aus. Was wäre wohl, wenn ich jetzt eine Herzattacke bekäme? Wegen dieser Warterei. »Schülerin stirbt für

NC« Das wäre eine Schlagzeile!
Verdammt, ich glaube es nicht. Das Telefon klingelt! Ich habe eine Scheißangst.

Wollt ihr es wissen? Wollt ihr? Ich habe eine 1,5 im Schnitt! Hammer, was? Ich raste aus!!! Cool girls go Berlin! Jetzt rufe ich erst mal meine Leute an. Und dann lasse ich mir einen Bären eintätowieren. Auf das Handgelenk.

LEBEN – ich komme!

Da gingen sie zusammen herab, und der König erwachte und die Königin und der ganze Hofstaat und sahen einander mit großen Augen an ... , und sie lebten vergnügt, bis an ihr Ende.

Nachwort

Während der Entstehung dieses Buches musste ich oft weinen. Ich habe traurige Musik gehört und Berichte von Kranken und ihren Angehörigen gelesen, um mich besser in Novas Lage hineinversetzen zu können. Manches Mal wogen diese Geschichten so schwer, dass ich aus meinem Schreibzimmer raus an die Luft musste.

In diesen kleinen Momenten war ich dankbar für die Wärme der Sonne, den Wind, das Gras unter meinen Füßen. All das hat mir gezeigt, wie kostbar das Leben ist – und zwar jedes. Egal wie schräg oder wie chaotisch es manchmal verlaufen mag. Wie schwer man an mancher Last zu tragen hat. Jeder Tag ist wichtig und einzigartig. Und so auch jeder Mensch mit allem, was ihn ausmacht.

Das sollten wir nie vergessen, egal wie sich eine Situation gerade anfühlt. Die Hoffnung, dass sich etwas ändern kann, sollte uns weiterführen, uns Mut machen und in uns ein Stück von Nova wecken.

Genauso wichtig wie diese Erkenntnis sind die Menschen, die uns unterstützen und begleiten.

Einige Freunde haben bei diesem Buch mitgeholfen. Heute danke ich aber aus tiefstem Herzen meiner Familie, die geduldig ihre Zeit mit meinen Romanfiguren teilt, mich anfeuert, tröstet, zum Lachen bringt, stolz auf mich ist, mir etwas zu Essen kocht und mich immer wieder erdet. Ihr seid großartig und das Wichtigste in meinem Leben!

Deshalb widme ich euch dieses Buch.

Anna Schneider

BLUT IST IM SCHUH

Die Frau hatte zwei Töchter ins Haus gebracht, die schön und weiß von Angesicht waren, aber garstig und schwarz von Herzen.

Gespenstische Stille liegt über dem Friedhof Amelies einzigem Zufluchtsort vor den Bosheiten ihrer Stiefschwester. Sarah hatte sie bestohlen, gedemütigt, verletzt ... Wie weit würde sie noch gehen? Schon spürt Amelie wieder das Stechen im Nacken, wie von eiskalten Augen, die ihr überallhin folgen. Ihr einziger Hoffnungsschimmer ist der Abschlussball mit Ben: Wird er sie wach küssen aus diesem Albtraum?

„Ein Jugendthriller vom Feinsten: Hochspannend, berührend und toll geschrieben von der ersten bis zur letzten Zeile". (Nele Neuhaus)

Anna Schneider

VON LIEBE UND LÜGEN

Alte Liebe, neue Liebe, keine Liebe: Was ist Wahrheit, was ist Lüge?

Jonah und Lynn sind ein Traumpaar und geben in ihrer Clique den Ton an. Doch dann muss Lynn ein Jahr vor dem Abitur mit ihren Eltern nach Asien umziehen. Sie hinterlässt eine Lücke: Nicht nur für Jonah ändert sich ohne Lynn alles, auch die Clique gerät aus dem Gleichgewicht. Plötzlich scheint jeder sein eigenes Spiel zu spielen, niemand weiß mehr, was der andere tut, was Wahrheit ist und was Lüge. Was Jonah niemandem erzählt: Er fühlt sich immer wieder beobachtet. Wird er langsam verrückt und sieht Gespenster? Aber Gespenster können keine Todessymbole hinterlassen, oder?

Ich umrahme meine Augen tiefschwarz. Den Rest lasse ich so, wie er ist, ungeschminkt. Dann schaue ich mich an. Erkenne mich selbst nicht mehr. Eine Träne löst sich aus dem Augenwinkel, zieht schwarze Schlieren durch mein Gesicht. Ich wische sie weg.
Es ist zu spät. Längst zu spät.
Ist das Herz erst gebrochen, tut dir niemand mehr weh.
Niemals wieder.